CB000196

Crônicas dos Senhores de Castelo

O Poder Verdadeiro

LIVRO 1

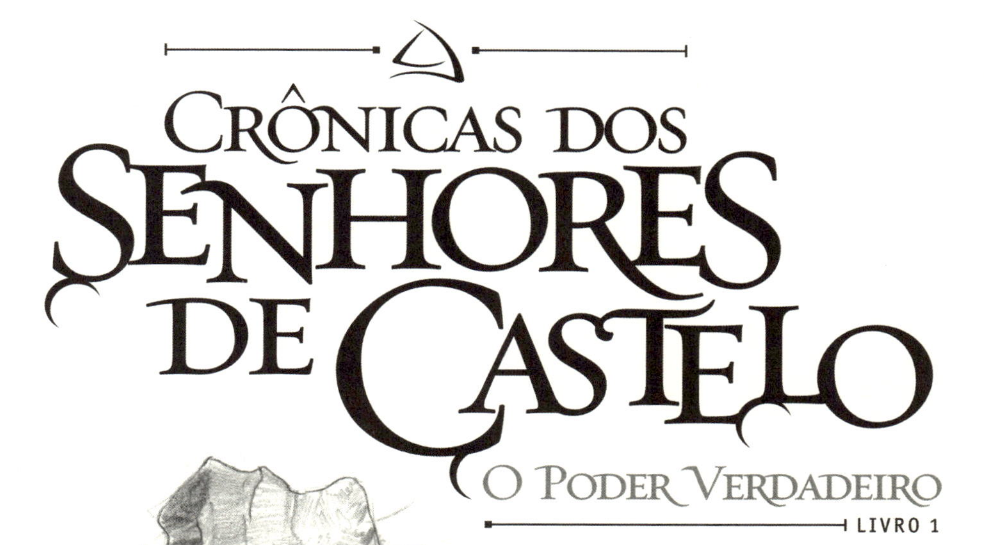

Crônicas dos Senhores de Castelo

O Poder Verdadeiro

LIVRO 1

G. Brasman & G. Norris

2ª edição

Rio de Janeiro-RJ / Campinas-SP, 2012

Editora
Raïssa Castro

Coordenadora editorial
Ana Paula Gomes

Copidesque
Ana Paula Gomes

Revisão
Anna Carolina G. de Souza

Colaboração editorial
Monika Ottermann

Projeto gráfico
André S. Tavares da Silva

Diagramação
Daiane Avelino

Ilustrações (capa e miolo)
Marcos Vinicius Mello

© Verus Editora, 2010

ISBN 978-85-7686-105-8

Todos os direitos reservados, no Brasil, por Verus Editora.
Nenhuma parte desta obra pode ser reproduzida ou transmitida por qualquer forma e/ou quaisquer meios (eletrônico ou mecânico, incluindo fotocópia e gravação) ou arquivada em qualquer sistema ou banco de dados sem permissão escrita da editora.

Verus Editora Ltda.
Rua Benedicto Aristides Ribeiro, 55
Jd. Santa Genebra II - 13084-753
Campinas/SP - Brasil
Fone/Fax: (19) 3249-0001
www.veruseditora.com.br

CIP-BRASIL. CATALOGAÇÃO NA FONTE
SINDICATO NACIONAL DOS EDITORES DE LIVROS, RJ

B831c
2ª ed.

Brasman, G.
Crônicas dos Senhores de Castelo : o poder verdadeiro / G. Brasman, G. Norris. - 2ª ed. - Campinas, SP : Verus, 2012.

ISBN 978-85-7686-105-8

1. Ficção brasileira. I. Norris, G. II. Título.

10-5511 CDD: 869.93
CDU: 821.134.3(81)-3

Revisado conforme o novo acordo ortográfico

Agradecimentos

Ao meu querido pai, Pedro, por seu incansável
pensamento positivo. À minha mãe, que me
ensinou o prazer da leitura. E às minhas
filhas e esposa, que tanto me apoiam.

G. Brasman

À minha amada esposa, pelo amor e por
acreditar no Multiverso.

G. Norris

Um agradecimento especial às nossas famílias,
aos amigos e aos que nos ajudaram no início.

G. Brasman e G. Norris

Sumário

Prelúdio

Há muitas e muitas eras, seres naturalmente mágicos chamados Espectros ameaçavam destruir o equilíbrio de todo o Multiverso, aniquilando tudo que existia.

Para combatê-los, uma sábia chamada Nopporn, descendente de uma das primeiras raças sapientes, convocou os principais líderes, regentes, imperadores e soberanos de todos os planetas civilizados para formarem um grupo de combate especial chamado Senhores de Castelo.

Depois de mais de uma década de guerras devastadoras, os Senhores de Castelo conquistaram a vitória. Os poucos Espectros sobreviventes foram aprisionados em pedras preciosas mágicas, que foram incorporadas a seres colossais, naturais dos confins do Multiverso.

Assim surgiu a Ordem dos Senhores de Castelo, formada por seres únicos, que usam seus dons, habilidades e artefatos de poder para incentivar a paz e a prosperidade pelos quatro quadrantes do Multiverso.

REGISTROS

Todo o reino de Agas'B está apreensivo com o desaparecimento da princesa Laryssa, filha do soberano Kendal. O regente nega-se a aparecer em público e mantém seu exército dentro da fortaleza.
O Conselho da Ordem dos Senhores de Castelo está auxiliando na busca pela jovem princesa, porém ninguém ainda conseguiu encontrá-la.
Louvada Mãe de Todas as Fadas, seja prudente e misericordiosa com os que não possuem fortuna ou magia. E ajude-nos com sabedoria nestes tempos difíceis.

TRECHO DE PERGAMINHO ENCONTRADO EM UM TEMPLO
NA CIDADE DE DIPRA, NO REINO DE AGAS'B

Nas planícies de Alons, ambos chegaram de forma distinta. Um a cavalo e o outro voando como um borrão branco no azul do céu. O desaparecimento da princesa Laryssa era o motivo da chegada daqueles dois Senhores de Castelo. Partiram no mesmo dia para a cidade de Cim.

BOR, EM RELATO FRAGMENTADO
BIBLIOTECA DE DOKRE

O PACTO

Planeta Agabier, reino de Agas'B
Ano 3239 da Ordem dos Senhores de Castelo

O barulho de cascos apressados ecoava no ar frio da noite. A lama da estrada espirrava em todas as direções, espalhada pelas rodas de madeira e ferro da carruagem. Os quatro cavalos negros galopavam velozmente em direção às docas de uma pequena cidade litorânea.

Um marujo, com uma grande cicatriz no rosto, estava prestes a entrar no navio *Águas Nebulosas* quando viu a carruagem chegar. Rapidamente subiu em uma pilha de caixas para ver o que acontecia.

O que será que temos aqui?, pensou, cobrindo-se com uma lona para que ninguém o visse. Os cavalos pararam bruscamente.

A luz de uma pequena tocha surgiu no tombadilho do navio e começou a descer a rampa em direção à carruagem. Apesar da escuridão, o marujo reconheceu o andar manco do capitão. A pequena iguana verde-limão que sempre o acompanhava estava imóvel sobre seu ombro. Ele carregava um pequeno baú de madeira, com um cadeado de ouro sem fecho.

A porta da carruagem abriu com um rangido e dela desceu um homem vestindo um manto lilás e capuz da mesma cor. Atrás dele surgiu outro homem, bastante magro, alto e careca. Vestia um manto vermelho-sangue com detalhes dourados nas mangas e na gola.

O capitão aproximou-se, deixou a tocha presa à carruagem, entregou respeitosamente o baú para o homem de manto vermelho e adentrou novamente a escuridão, de volta ao navio.

– Não se preocupe, mestre Volgo – disse o homem de lilás após alguns segundos de silêncio. – O condutor é surdo de nascença.

– Excelente, meu aprendiz – respondeu Volgo, o careca de vermelho. – O que vou lhe dizer é algo que só você e eu devemos conhecer.

Isso é promissor, pensou o marujo, com o sorriso repuxado por causa da grande cicatriz no rosto. *Um segredo pode me gerar muito mais lucro!*

Volgo segurou o baú de madeira nas mãos magras.

– Use a magia que lhe ensinei!

Com um movimento de mão e algumas palavras que o marujo não conseguiu entender, o aprendiz fez o cadeado se abrir. A tampa do baú levantou-se sozinha, e uma névoa azulada saiu de seu interior.

O marujo esticou-se sobre as caixas o máximo possível sem chamar atenção e conseguiu ver três objetos no interior do baú: um anel com uma pedra azul-celeste grande e brilhante, um rolo de pergaminho antigo e amarelado e um pequeno jarro de vidro com um líquido negro e borbulhante, que parecia conter algum tipo de animal vivo e gelatinoso.

Volgo deu as últimas instruções ao aprendiz:

– O frasco contém a essência energética dos Dhuggaols, meus antigos servos. Você deve utilizá-la no ritual para garantir que sua Maru* esteja em sintonia com a magia antiga que lhe foi ensinada. – Pegando o anel de pedra azul-celeste, ele continuou. – O anel lhe dará o poder de comandar meus servos durante o ritual. A missão deles é fazer com que a magia seja realizada conforme eu planejei.

O aprendiz ouvia tudo com atenção.

– Por último – disse Volgo com seriedade –, o pergaminho de Azur. Seja extremamente cuidadoso com ele! Muitas vidas foram

---

* Frequência elementar, harmonia que gera a vida e a matéria. A Maru existe em quatro níveis diferentes de modulação: magia, matéria inerte, matéria orgânica e energias (elétrica, magnética, sonora, gravitacional, calórica, luminosa, vital etc.).

perdidas para que eu pudesse consegui-lo. Apenas com este pergaminho você poderá encontrar o que precisamos.

Com um leve movimento afirmativo de cabeça, o aprendiz pegou o baú e tornou a fechá-lo com um feitiço.

– Não vou decepcioná-lo, mestre. O senhor terá uma grata surpresa quando retornar a este mundo.

Volgo suspirou profundamente e estendeu a mão.

– Temos um pacto? – perguntou, com o braço magro ainda esticado.

– Sim, temos um pacto – respondeu o outro, colocando a mão sobre a de Volgo. Um rápido e suave lampejo vermelho surgiu desse encontro. Uma marca, parecida com uma ponta de flecha prateada, foi magicamente tatuada na mão do aprendiz.

Volgo seguiu para o navio. O aprendiz apagou a tocha e bateu levemente na perna do cocheiro antes de subir na carruagem.

Quem era o aprendiz que agora partia na carruagem trepidante não importava para o marujo. O lucro certo estava no navio. Mesmo não conhecendo o "mestre Volgo", certamente conseguiria arrancar algumas moedas de ouro daquele homem em troca de seu silêncio.

Saiu de debaixo da lona, pulou de cima das caixas e andou sorrateiramente até o interior da embarcação. Poucas horas depois, o *Águas Nebulosas* partia em direção a Kalclan, último porto antes de começarem a jornada pelos Mares Boreais em direção a outro planeta.

Alguns dias depois, em uma manhã de céu sem nuvens, um pequeno grupo de pescadores lançava ao mar suas redes de pesca quando uma delas se enroscou no fundo da água.

O pescador mais experiente mergulhou e voltou rapidamente, dizendo que, em vez de soltar a rede, deveriam puxá-la.

Desde aquele dia, a população da pequena cidade de Aram orgulha-se de ser a guardiã de um objeto tão magnífico. Na praça central da cidade, está exposta a estátua de rocha polida encontrada pelo grupo de pescadores.

Todos se assombram com a perfeição das feições de um marinheiro com uma grande cicatriz no rosto e expressão de agonia.

Briga de Bar

Quinze anos depois

A música envolvia todo o ambiente. Bandolins, instrumentos de percussão e flautas de osso criavam melodias dançantes, acompanhando a sensual voz feminina que cantava sobre como viver bem a vida. No meio do salão, várias pessoas dançavam alegremente.

Como em toda noite estrelada, o bar estava cheio. Ponto de parada de viajantes da região, várias raças se encontravam ali para beber, jogar e dançar no enorme salão, enquanto garçonetes iam e vinham entre as mesas.

Dorik era o *barman* e também o dono do estabelecimento. Forte, de cabelos claros e barba rala, tinha braços e mãos grandes, proporcionais ao resto do corpo. Fora guerreiro na juventude, porém, cansado das batalhas, montou um bar na cidade de Cim para receber velhos amigos. Vestia calças de pano grosso, camisa de algodão escura e um avental de couro marrom. Gostava de sua nova vida. Atencioso com todos os clientes, não deixava que nada faltasse aos viajantes. Enquanto enchia três copos com cok* e rum, observou que, em uma mesa na parte mais afastada da pista de dança, dois homens jogavam biso** amigavelmente.

Thagir, um dos jogadores, era bastante alto e esguio. Seus cabelos curtos eram negros como uma noite sem lua, e a barba bem aparada apresentava tons estranhamente ruivos. Vestia uma longa ca-

---

* Bebida escura e adocicada. Servida gelada, atua como refrescante e energético. Pode ser misturada com outras bebidas alcoólicas para formar diferentes drinques.

** Jogo de cartas muito apreciado em vários planetas. Utiliza o baralho do cavaleiro, o mais comum dos baralhos do Multiverso.

Thagir, pistoleiro e Senhor do Castelo do planeta Curanaã e possuidor de dois braceletes mágicos.

saca verde-escura com as mangas dobradas, deixando à mostra dois largos braceletes finamente trabalhados, um em cada pulso. Cada bracelete tinha uma pedra preciosa diferente. Usava uma calça marrom com vários bolsos e botas de couro também marrons. No pescoço, um colar de metal bem trabalhado reluzia fracamente.

– Aposto um cuspe de dragão* que você não ganha de mim! – ele falou em tom de diversão.

A brincadeira foi seguida pela risada alta e displicente de Kullat, seu amigo e companheiro de jogo, que vestia capuz e manto brancos, contornando todo seu corpo. As botas pareciam feitas do mesmo tecido, mas eram visivelmente mais rígidas. Também era um homem alto, ligeiramente menor e mais encorpado que o amigo. Suas mãos estavam enfaixadas até o meio dos dedos com tiras de pano brancas. Seu rosto mal era visível sob a fraca luz do bar, como se a penumbra tomasse conta de sua face.

– Aceito a aposta! – disse Kullat, também se divertindo.

– Mostre suas cartas e veremos se esse lixo que você tem supera o meu jogo – a réplica de Thagir veio de forma zombeteira.

* Bebida destilada de alto teor alcoólico, com bolhas espessas cor de âmbar. É agridoce, densa e normalmente servida em pequenos copos transparentes.

Kullat jogou as cartas na mesa de modo desafiador. Thagir sorria enquanto mostrava cartas de maior valor, uma após a outra. Ambos riam animadamente. Com o fim da partida, Kullat chamou a garçonete e pediu vinho e queijo. Thagir guardou o baralho em um dos vários bolsos de sua calça.

Enquanto esperavam pela comida, olhavam atentamente o movimento do salão, que era um mesclado colorido de vestes e formas. Havia mulheres de Arthúa, o planeta aquático do quadrante 1,* com sua pele azulada e brilhante. Ninfas das florestas do norte de Agas'B dançavam calmamente, exibindo adornos na barriga e nos braços. Três beldades de cabelos cor de fogo vindas do planeta Kremat, o reino do vulcão Mag, estavam vestidas de couro negro e metal opaco e dançavam alegremente.

Kullat, Senhor de Castelo do planeta Oririn. Possui a habilidade de manipular energia mágica e é o atual portador das faixas de Jord. **

* A Ordem dos Senhores de Castelo classifica os planetas conhecidos em quatro quadrantes, baseados no grau de desenvolvimento tecnológico e na intensidade da magia natural existente.

** Manoplas enfeitiçadas que se incorporaram a Kullat durante uma de suas missões e potencializaram seus poderes. Segundo a história, o feiticeiro Jord criou magicamente dois objetos de grande poder: as faixas e um cajado que há muito se perdeu.

Os homens, também de várias raças, bebiam e conversavam no balcão. Os Gerens, comerciantes do leste longínquo, mostravam suas espadas e armas, tentando vender as mercadorias aos clientes do bar. Anões da cidade de Asys analisavam machados e escudos, enquanto dois gêmeos de pele amarelada do planeta Adrilin admiravam algumas adagas.

O pedido de Kullat chegou e ele começou a comer imediatamente.

– Qual é o plano? – perguntou, enquanto enchia um copo com vinho.

– Vamos começar pelo básico – respondeu Thagir, ainda olhando para o salão. – Faremos amizade com alguém aqui no bar e tentaremos descobrir alguma coisa sobre o paradeiro da princesa Laryssa.

Uma explosão, vinda da entrada do bar, interrompeu bruscamente a música. As pessoas próximas da porta gritaram e algumas se feriram com os estilhaços. O movimento na pista de dança parou completamente.

Kullat e Thagir levantaram-se com rapidez. Como eram homens de estatura elevada, conseguiam observar por cima dos demais e foram para a pista. A porta do bar estava quebrada, como se algo tivesse sido arremessado contra ela com grande violência.

No chão, a alguns metros da entrada, havia três figuras desacordadas em meio aos destroços da porta.

A primeira era uma bela jovem de cabelos curtos, com joias delicadas nos braços e pernas. Usava calças justas escuras e um vestido curto por cima, que, rasgado, permitia ver uma joia prateada presa no umbigo. A boca pequena de lábios finos contrastava com o corpo atlético e as pernas torneadas. Cruzando o peito, havia uma grossa tira de couro, que terminava em uma bolsa enorme que parecia conter algo pesado.

A segunda era um homem de meia-idade vestindo uma armadura de cavaleiro com dois triângulos no peito, um vermelho e um branco. Thagir reconheceu a figura como o símbolo do reino de Agas'B. No chão, a seu lado, havia uma bela espada.

A terceira figura tinha o corpo humanoide, porém a pele era de uma espécie de metal dourado. Os olhos eram duas pedras redondas e vermelhas. O rosto era ovalado, com orifícios no lugar da boca. Apesar de estar caído, era visivelmente robusto.

– Um autômato dourado... – Kullat sussurrou, espantado.

Todos no bar estavam tão surpresos com aquelas três figuras caídas que não perceberam um grande e forte homem que entrara pelo buraco onde ficava a porta. Era um guerreiro bárbaro, de longos cabelos violeta e pele azulada, que carregava um enorme machado. Seu nome era Chibo, conhecido por ser um homem bruto e impiedoso.

Logo atrás entrou um grupo de soldados Karuins, criaturas híbridas de répteis com humanos. Andavam um pouco arqueados e empunhavam armas de fogo, como revólveres e espingardas. Suas garras eram fortes e afiadas. Tinham escamas verdes nas mãos e nos pés, partes que as vestes escuras não cobriam.

Azio, autômato de forma humanoide e possivelmente o último sobrevivente do planeta Binal.

Ignorando todos no bar, Chibo e os Karuins murmuravam entre si, apontando para a mulher ferida no chão. Os Karuins falavam a língua comum, com um forte sotaque gutural.

Chibo rodeava os corpos caídos girando o machado nas grandes mãos azuladas, como se decidisse quem mataria primeiro. Thagir fez um movimento à frente e Kullat agarrou o braço do amigo.

– Não podemos perder o foco da nossa missão – sussurrou.

– Meu amigo – respondeu Thagir com um sorriso –, o meu negócio é chumbo!

Ele avançou até ficar na frente do bárbaro azulado, que o olhou com desprezo. Um soldado Karuin apontou sua espingarda de dois canos para o peito de Thagir, afastando-o de Chibo.

– Saia ou vai morrer! – o sotaque gutural do Karuin era horrível. – Nem armado está e quer dar uma de herói! – O soldado golpeou Thagir fortemente no peito com a coronha da espingarda, derrubando-o violentamente.

Um guerreiro ruivo de Kremat deixou suas companheiras no balcão, sacou sua espada e avançou contra o Karuin que golpeara Thagir. Mal conseguiu dar dois passos e teve a cabeça atravessada por tiros do mesmo soldado.

Kullat acenou com a cabeça para Thagir, que respondeu ao sinal do amigo e se levantou, ficando bem em frente do atirador. Thagir disse com frieza, enquanto levantava vagarosamente o braço direito em direção ao peito do oponente:

– Como dizem na minha terra, quem mata pelo tiro deve estar preparado para morrer pelo tiro. Espero que você esteja!

À medida que o braço subia, uma tênue luz azul e amarela surgiu da joia em seu bracelete e envolveu sua mão, onde foi se materializando um revólver vermelho e negro com coronha de sândalo brilhante.

Ao terminar o movimento, um estrondo feriu os ouvidos de todos no salão. O soldado caiu com um enorme buraco no peito, tão grande que se podia ver através dele. Sangue verde e pastoso escorria pelo chão.

Thagir segurava confiante o revólver com o longo cano ainda fumegando. Antes que qualquer um reagisse, Kullat lançou com as mãos uma rajada de energia mágica, que explodiu em fagulhas no punho de outro soldado e o fez soltar a pistola. A criatura deu um grito e saiu correndo para a rua com as mãos em chamas, passando com rapidez pela porta arrebentada.

– Crianças! – a voz de Kullat era calma e irônica. – Podem se machucar com esses brinquedos!

Chibo apertou o cabo do machado com tanta força que as pontas dos dedos azuis ficaram esbranquiçadas.

– Vou dizer meu nome – exclamou o bárbaro com ódio no olhar – para que saibam quem mandou vocês ao Naveeh!*

– Muito gentil da sua parte! – respondeu Kullat com um sorriso malicioso.

O bárbaro mordeu o lábio inferior de raiva. Não podia acreditar que aqueles dois estranhos estavam debochando dele na frente de seus soldados.

– Meu nome é Chibo!

Mal terminou de falar, iniciou um ataque feroz. Até seus soldados se assustaram com a rapidez de seus movimentos.

Thagir pulou para o lado e, ainda no ar, acertou dois Karuins com seu revólver, fazendo o sangue esguichar no balcão. Kullat se desviou dos golpes de machado de Chibo com rapidez e, ao mesmo tempo, com as mãos enfaixadas e brilhantes, disparou rajadas de energia nos soldados répteis à esquerda e à direita. Um deles foi jogado contra as pedras da parede, emitindo estalos de ossos se quebrando. Outro conseguiu pular para cima de Kullat, mas levou um soco na boca que quebrou suas presas.

Enquanto a briga continuava, as pessoas gritavam e corriam para a rua. Algumas foram atingidas pelo machado de Chibo, outras foram mortas pelos Karuins. Dois homens tentaram ajudar o grupo de Kremat, mas foram abatidos antes de sacar a espada.

– Meu bar!!! – Dorik gritou com raiva.

---

* Lugar para onde vão os mortos em algumas culturas do Multiverso.

Dois soldados Karuins o miraram com seus revólveres cor de chumbo e começaram a atirar. O *barman* se escondeu atrás do balcão e pegou uma escopeta de três canos que guardava para eventualidades. Rapidamente se levantou e atirou nos soldados, abaixando-se em seguida. Encharcado pelas mais variadas bebidas, o balcão agora só tinha garrafas e copos quebrados. Outro homem-réptil o atacou, pulando por cima do balcão. As garras rasgaram o braço de Dorik e o fizeram soltar a escopeta.

Dorik conseguiu chutar o peito do Karuin e o afastou por alguns segundos. Tateando pelo chão, achou um enorme pedaço de vidro e, quando o soldado pulou novamente para mordê-lo com as presas afiadas, enfiou com força o vidro no olho da criatura, fazendo-a urrar de dor. O forte *barman* aproveitou o momento para recuperar a escopeta de três canos e dar um tiro no pescoço daquele ser asqueroso, acabando com sua agonia.

Chibo urrava e atacava, ao mesmo tempo em que rebatia os tiros de Thagir com seu machado. Por duas vezes quase atingiu Kullat com o aço rígido de sua arma.

Um dos répteis atacou o pistoleiro por trás, usando suas garras afiadas e rasgando as costas de Thagir. Graças à grossa casaca verde de couro de gorlak,* o ferimento foi superficial. Com fúria, o pistoleiro agarrou o soldado e o jogou por cima do balcão. O Karuin bateu com força contra as garrafas e vidros quebrados e não se levantou mais. O couro do longo casaco de Thagir, que havia sido tratado por costureiras mágicas em seu reino, não tinha mais rasgos.

Chibo rodopiou o machado acima da cabeça, forçando Kullat e Thagir a se afastar. Dorik, apesar de estar com a escopeta descarregada, levantou-se e mirou o último soldado Karuin sobrevivente.

---

* Grande animal marinho de couro resistente e maleável, originário do planeta Curanaã.

– Você vai pagar pela vida que tirou, Chibo! – uma fraca voz feminina ecoou atrás de Kullat.

Era a mulher de cabelos curtos, que havia acordado. Tinha uma espada na mão e os olhos negros lacrimejavam. Chibo segurou sua arma de modo defensivo. Sem aviso, o guerreiro azulado urrou tão alto que fez Dorik largar a espingarda para tapar os ouvidos. Depois do ataque sonoro, o bárbaro saiu rapidamente pela porta, seguido pelo último soldado Karuin.

Dorik pulou por cima do balcão e foi até a saída do bar, apenas para ver as sombras dos fugitivos correndo pela rua deserta. Enquanto ele observava Chibo se distanciar, Kullat ajudou a mulher a se sentar no chão coberto de sangue vermelho e verde.

Thagir girou rapidamente o pulso para a direita e, com um tranco seco, o tambor do revólver se abriu. Cápsulas vazias caíram a seu lado e, com outro movimento firme, o tambor voltou à posição original. Um leve brilho, da mesma cor da luz emitida pela pedra do bracelete, envolveu o revólver, e magicamente ele estava carregado.

O pistoleiro foi ajudar o cavaleiro com o símbolo triangular no peito, que ainda estava caído.

– Não adianta – a voz da mulher era firme, o que fez Thagir interromper o passo. – Noiw está morto.

– Lamento – Kullat falou com sinceridade, depois de alguns instantes de silêncio. Ela lhe devolveu um olhar cansado. Os olhos escuros e brilhantes, que agora estavam secos, formavam uma simetria perfeita com o nariz.

– Noiw está morto... – ela repetiu, arrumando a bolsa de couro que carregava. De repente o autômato, que ainda estava caído ao lado de Noiw, mexeu os braços.

– Azio! – exclamou a mulher, correndo até a estranha criatura.

Com suavidade, pressionou um botão minúsculo na parte superior da cabeça dourada. Os olhos vermelhos piscaram. Um ruído sintético e mecânico, vindo do peito, pôde ser ouvido. Os olhos agora estavam amarelos e piscavam rapidamente. Um chiado eletrônico saiu do humanoide.

– 01010101... 01% 0101... 01%... %01%.

– 0101% 0101%%% – respondeu a mulher. A língua falada pela criatura e por ela era totalmente ininteligível para Thagir, Kullat e Dorik.

– Mestra Laryssa %%01 feriu? – a pergunta saiu nas duas línguas, misturadas com o som interno do autômato.

Ao ouvir o nome da mulher, Thagir e Kullat se entreolharam e fizeram um sinal com a cabeça.

– Estou bem – ela respondeu com delicadeza. – Reinicie seus programas e entre em modo de espera.

– 0101 010%%%!

Para Kullat, a resposta do autômato dourado soou como "sim, senhora".

– Você está bem, senhor...? – disse Thagir para o *barman*.

– Meus amigos me chamam de Dorik – ele respondeu.

– Dorik. Você está bem? – complementou o pistoleiro com simpatia.

– Meu braço dói um pouco, mas vai ficar bom.

– Então, por favor, fique na entrada e me avise se alguém vier para cá – Thagir instruiu de forma enérgica. O *barman* concordou e ficou alerta, olhando para a escuridão da noite.

– Kullat – continuou Thagir –, acho bom tentarmos descobrir mais alguma coisa sobre esses soldados.

Kullat abaixou-se ao lado do primeiro Karuin que havia morrido.

– Vamos ver o que temos aqui! – falou, removendo o capuz do morto.

A criatura sem dúvida era humanoide, mas tinha muitas características de um réptil. O corpo era todo coberto de escamas. O rosto continha traços humanos, como barba e nariz, mas a língua era bipartida e as pupilas tinham formato de fenda. O corpo tinha marcas e cicatrizes, algumas recentes. O peito estava estraçalhado.

Kullat não se demorou muito nesse detalhe, afinal o coração daquele ser estava agora em algum lugar do salão ensanguentado, arrancado pelo tiro de Thagir. Debaixo do manto escuro, a criatura usava uma jaqueta para guardar munição e uma faca grande e extremamente afiada. O cheiro era nauseante, o que o fez desistir de virar o corpo.

Soldado Karuin, híbrido de réptil e humano, liderado por Chibo. Origem desconhecida.

– Pensei que eram do planeta Repo, mas me enganei! – ele disse, ainda agachado. – Os homens-répteis de Repo são lagartos bípedes, mas possuem cauda e mandíbula. A maioria veste capuz, como este, mas normalmente usam discos afiados em forma de meia-lua como arma.

Thagir aproximou-se da mulher e, com a voz séria, perguntou:

– Você é Laryssa, princesa de Agas'B, certo?

– Sim – ela respondeu, surpresa. – Você me conhece?

Antes que ele pudesse responder, Dorik entrou pelo buraco da porta com uma expressão de pânico. Parecia ter visto um fantasma, de tão pálido.

– Chibo está voltando! – disse ofegante. – E trouxe um exército!

O bar de Dorik ficava na avenida principal de Cim, na parte baixa da estrada de terra batida. A rua costumava ser deserta, porém, naquela noite de lua crescente, corria por ali quase uma centena de soldados meio répteis, meio humanos. Liderando o grupo estava um guerreiro bárbaro grande e azulado, que carregava um enorme machado.

Thagir e os outros saíram do bar e viram Chibo e seu pequeno exército aproximando-se rapidamente. Kullat ficou em posição de combate.

– Fujam daqui agora! – disse, com as mãos emitindo novamente aquele brilho aperolado. – Vou detê-los o máximo que puder!

– Não! – exclamou Thagir. – Seria só você contra um bando de loucos armados!

– Tem uma saída atrás do bar – Dorik falou, retirando o avental de couro e jogando-o sobre uma mesa. – Por lá podemos fugir para a floresta Fluyr!

Todos concordaram de imediato. Entraram correndo no bar, passaram pela cozinha, que ainda tinha panelas no fogo, e chegaram aos fundos. A porta traseira dava acesso a outra rua de terra, bem menos iluminada que a da frente.

– São uns cinco quilômetros até lá – Kullat protestou, medindo visualmente a distância –, não somos rápidos o suficiente. Eu posso voar, mas não consigo carregar todos vocês!

– Nós não voamos – adiantou-se Laryssa –, mas sei quem pode nos ajudar.

Ela fechou os olhos e começou a murmurar uma canção com as mãos próximas à boca. O som ritmado parecia familiar a Kullat e Thagir, mas eles não conseguiam distinguir as palavras.

O exército continuava avançando com velocidade. Kullat contou dezenas de Karuins na primeira formação, liderados diretamente por Chibo. Atrás do primeiro bloco, outros grupos seguiam para o bar, carregando espingardas e pistolas. Sua preocupação aumentava a cada momento, pois Laryssa ainda estava em transe, e o exército estava cada vez mais perto.

De repente, duas enormes figuras brancas aterrissaram ruidosamente a poucos metros do grupo. Kullat fechou os punhos em posição de defesa contra a nova ameaça. Thagir apontou o revólver negro e rubro para as criaturas recém--chegadas.

– Não ataquem! – gritou a princesa. – São os zíngaros, que nos ajudarão!

Laryssa, princesa do reino de Agas'B. Seu dom natural lhe permite falar com animais.

Ela andou até uma das criaturas e a acariciou com ternura. O animal respondeu com um leve som, parecido com uma nota musical. Eles tinham quase três metros de altura e pelos brancos por todo o corpo. Na cabeça, despontavam orelhas grandes e compridas e um focinho achatado. As musculosas patas traseiras eram enormes. *Lebres gigantes*, pensou Thagir.

Com os enormes zíngaros sentados, a princesa subiu no lombo de um deles, como quem monta um cavalo selvagem. Com um gesto chamou Azio, que montou no estranho animal sem questionar.

– Subam no outro zíngaro – ela disse com autoridade para Kullat, Thagir e Dorik. – Rápido!

Kullat ia perguntar a Laryssa como aqueles magníficos animais tinham ido parar ali quando sentiu um tiro raspar seu manto no braço direito. Automaticamente se virou e soltou uma rajada de energia, acertando o atacante na barriga. Os soldados tinham alcançado o bar e agora atiravam do telhado e da porta de trás.

– Vamos! – ela gritou.

Kullat pegou Dorik nos braços, tomou impulso e saltou rapidamente sobre o animal. Thagir disparou duas vezes e também montou o enorme zíngaro. A princesa gritou na língua musical que usara para evocar os animais, e eles responderam com um chiado. Com um impulso violento, forçaram as patas traseiras e pularam em direção ao céu.

Thagir percebeu que estavam a muitos metros do chão e continuavam subindo velozmente. As figuras dos Karuins diminuíam a cada segundo, como se encolhessem. Kullat estava maravilhado com a maciez do pelo branco do zíngaro. Suas mãos enfaixadas agarraram aqueles pelos na hora do salto, mas agora ele acariciava levemente a pelagem do animal, de um branco quase idêntico ao de seu manto.

Dorik olhava para baixo com serenidade. Dezenas de sombras infestavam seu bar. Não se lamentava pela perda, pois em sua antiga vida de guerreiro perdera muito mais do que garrafas e mesas. Sabia que poderia construir novamente seu estabelecimento no tempo certo. Esses pensamentos duraram poucos segundos, pois ele sentiu que o zíngaro começou a descer. Seu estômago ficou embrulhado, e ele agarrou a pelagem da gigantesca lebre com todas as forças.

Thagir sentiu a espinha gelar. O solo negro e sem luz tornava-se mais próximo. O vento frio da queda fazia seus olhos lacrimejarem e a longa casaca bater rapidamente contra seu corpo. Voltou a aten-

Zíngaro, uma das espécies de animais selvagens que vivem na floresta Fluyr.

ção para o outro animal, logo abaixo deles. Os únicos calmos ali eram Azio e Laryssa. O autômato não esboçava nenhuma reação, apenas segurava firmemente os pelos da lebre. Já a princesa parecia se deliciar com o vento que ondulava seus curtos cabelos. A pele morena estava arrepiada nos braços e nas costas, mas ela não parecia ter frio. Somente mostrava preocupação com a sacola de couro que carregava.

De repente, o zíngaro que carregava Laryssa e Azio reduziu a velocidade e foi ultrapassado pelo outro. Momentos depois, Thagir entendeu o que acontecera, pois o zíngaro no qual estava montado esticou as patas e começou a planar suavemente pelo céu da noite. Era extraordinário como aqueles animais utilizavam a membrana entre as patas e o corpo para formar uma espécie de asa e assim controlar a velocidade e a direção do pouso.

Kullat notou que se dirigiam para uma clareira na floresta Fluyr. Eles tinham viajado vários quilômetros em apenas um salto.

As lebres gigantes pousaram com um barulho enorme, levantando grama e terra em sua chegada. A clareira ficava no limite da floresta, e as árvores formavam uma verdadeira muralha, dividindo a mata do território dos homens. Apenas a lua crescente iluminava o local com seus raios claros.

Dorik saltou rapidamente do lombo do animal e correu até uma árvore para vomitar. Kullat deitou na relva, enquanto Thagir verificava os bolsos da casaca para se certificar de que não tinha perdido nada durante o voo.

Laryssa desceu com elegância e agradeceu às criaturas na linguagem musical. Dorik endireitou-se e limpou a boca com um pedaço de pano, enquanto Kullat se levantava com calma da vegetação rasteira. A princesa notou que o manto branco de Kullat estava imaculado, sem nenhum sinal de sujeira, sangue ou terra, o que a deixou curiosa e um tanto surpresa.

Respostas

Laryssa viu um movimento em uma moita e aproximou-se silenciosamente. Sorriu ao ver que era apenas uma pequena raposa negra de duas caudas, então começou a cantar melodiosamente para o animal, que se aproximou sem medo e emitiu sons guturais ritmados. As duas pareciam conversar. A princesa interrompeu a canção e sorriu novamente para a raposa, que sacudiu o corpo e voltou para a floresta.

– Já sei para onde ir – ela disse e sem esperar entrou na mata, sendo seguida pelos outros. Dorik tentou protestar, mas não viu outra saída a não ser fazer o mesmo.

A floresta Fluyr, também conhecida como Morada das Almas Perdidas, era enorme. Tinha início ao norte, perto do rio Betasys, e se estendia até os limites da cidade de Pegeo, mais de oitenta quilômetros ao sul. Poucos se aventuravam em suas matas, por medo dos Fains, criaturas estranhas e traiçoeiras que viviam dos restos de animais e atacavam impiedosamente os intrusos. Pareciam árvores vivas, com o tronco espesso e braços de galhos e ramos. A maioria tinha o nariz comprido e os olhos esverdeados. Corria a lenda de que as almas daqueles que eram devorados por essas criaturas se transformavam em Fains, ficando perdidas por toda a eternidade.

Dorik torcia para não encontrarem nenhum Fain, pois sabia que eram mentirosos, violentos e que podiam matar sem piedade. Laryssa seguia rapidamente por entre as árvores, parando de vez em quando para olhar em volta e consultar Azio. Kullat e Thagir acompanhavam o ritmo sem demonstrar dificuldade. Apenas Dorik ofegava.

Seguiram em passos rápidos por cerca de meia hora, quando Thagir parou repentinamente e olhou para a esquerda.

– Esperem! – havia urgência em sua voz.

Todos obedeceram. Ele cerrou os olhos e a pedra verde do bracelete esquerdo emitiu um leve brilho. Na escuridão da noite, seus olhos também emanaram uma leve luminosidade, na mesma tonalidade. A pedra, chamada Coração de Thandur, lhe dava o poder de ver mais longe e melhor.

– Quietos! Há um bando de Fains um quilômetro a leste. Estão carregando alguma coisa. – Depois de uma breve pausa, continuou com menos apreensão. – São dois lobos mortos. Não correremos perigo se formos silenciosos.

O grupo prosseguiu pela mata por mais ou menos uma hora, até chegar à entrada de uma caverna. Laryssa pediu que Azio entrasse e verificasse se estava tudo bem. Enquanto o autômato obedecia, Kullat ajudava o exausto Dorik a se sentar em uma rocha negra ao lado da entrada.

– Está tudo em ordem. Podemos utilizar o local – a voz metálica de Azio soou de dentro da caverna.

– Vamos! – exclamou Laryssa, que mais uma vez não esperou resposta e entrou rapidamente.

– Sabe? Gostei desta menina! – Kullat disse a Thagir.

– Como assim? – o outro respondeu, olhando para o amigo.

– Apesar da pouca idade, ela sabe dar ordens. E é tão decidida!

– É verdade. É difícil encontrar mulheres assim em planetas pouco desenvolvidos como este.

– Mas ela é a princesa – intrometeu-se Dorik, levantando da pedra e dirigindo-se para a caverna. – Precisa saber fazer isso, ou nunca será uma boa rainha.

Thagir e Kullat concordaram e seguiram o *barman*.

A caverna era espaçosa, e o teto alto estava tomado de estalactites. Azio saiu e logo voltou com madeira e frutas. Depois de acender o fogo, o ser de metal improvisou tochas, que foram colocadas em vários pontos da caverna. Kullat se perguntava como aquele autômato fazia coisas desse tipo. Parecia ter consciência própria, quase como o livre-arbítrio humano, em suas ações e decisões.

Todos se sentaram junto ao fogo, e Dorik comia com gosto uma fruta roxa.

– Acho que devemos conversar – disse Kullat enquanto colocava um graveto na fogueira.

– Concordo. Mas seria bom se pudéssemos ver o seu rosto – Laryssa respondeu. A escuridão que encobria a face de Kullat parecia feita de piche, quase viscosa. Às vezes, parte de seu rosto parecia se refletir na superfície escura.

A resposta foi um breve sorriso. Kullat puxou o capuz para trás, deixando à mostra os cabelos negros e desalinhados, levemente grisalhos nas têmporas. Passou a mão pelos cabelos para tentar arrumá-los e sorriu para a mulher à sua frente.

– Acho que assim está pior do que antes – Thagir esboçou um sorriso malicioso.

Kullat respondeu com uma risada. Dorik só balançou a cabeça. A princesa riu discretamente e tirou do ombro a bolsa de couro, suspirando aliviada pela remoção do peso.

– Imagino que sejam Senhores de Castelo – ela disse, olhando para Kullat.

– Por que imagina isso? – ele devolveu o olhar.

– Reconheci os símbolos estrangeiros. O seu é de Oririn.

Kullat levou a mão ao peito, onde um símbolo fraco, quase imperceptível, se desenhava em linhas cor de pérola. Sobre o branco da túnica, os dois círculos entrelaçados e inclinados, marca de Oririn, eram praticamente invisíveis a olhos distraídos. O segundo círculo estava incompleto.

– E você carrega a marca de Newho – Laryssa apontou para o peito de Thagir.

Ele tinha realmente o emblema de Newho no colar de metal – o desenho de um pequeno cristal envolto em ramos e cipós, símbolo das riquezas minerais e das vastas florestas de seu reino.

– Como vocês já sabem, sou a princesa Laryssa – ela se apresentou, levando as mãos aos joelhos. – Devo agradecer pela ajuda e também me desculpar por minhas maneiras há pouco.

Seu corpo moreno refletia as chamas da fogueira. Parecia agora mais delicada e sensível, como se relaxasse após uma dura batalha.

– Sei que os Senhores de Castelo são respeitados por seu conhecimento e suas habilidades – ela continuou – e que são guardiões da ordem e da paz em vários mundos e reinos.

Thagir inclinou-se para frente e cruzou as mãos.

– Nós chegamos a este planeta há poucos dias e fomos direto para o Conselho dos Senhores de Castelo de Agas'B,* que nos explicou que havia meses você estava desaparecida e que seu pai, o rei Kendal, temia por sua vida. Ele pediu ajuda para encontrá-la.

Thagir não mencionou que os membros do Conselho dos Senhores de Castelo em Agas'B consideravam o rei Kendal um tirano e que não tiveram escolha senão designar Ledge e Gialar, os dois Senhores de Castelo daquele reino, para encontrar a princesa. Porém eles não davam notícias havia mais de um mês, e a princesa continuava desaparecida. Foi por isso que o Conselho convocou Thagir e Kullat.

– Havia rumores – continuou Thagir – de que uma mulher, um cavaleiro e um ser de metal tinham sido vistos saindo do porto de Kalclan em direção a Dipra. Como Cim fica no meio da única estrada que segue por esse caminho, decidimos ir para lá para investigar essa pista. Com um pouco de sorte poderíamos encontrá-la, princesa.

* Em cada reino ou planeta em que os Senhores de Castelo atuam, a Ordem estabelece um conselho local, que responde diretamente ao Conselho de Nopporn.

– E põe sorte nisso. Vocês caíram direto no nosso colo! – Kullat observou, sorridente. A princesa e Dorik riram.

– Chegamos a Cim como dois forasteiros que gostavam de jogar cartas – Thagir continuou, após empurrar Kullat pelo comentário brincalhão. – O disfarce serviria para conseguirmos informações e vasculharmos a cidade. Chegamos ao bar pouco antes de vocês serem atirados porta adentro por Chibo.

– Princesa Laryssa – Kullat falou de maneira atenciosa –, viemos até aqui para achá-la e levá-la em segurança para Kendal. Aliás – continuou, fazendo uma careta –, por que é que a cidade tem o mesmo nome do seu pai?

– É uma homenagem – a moça respondeu. – Ela tinha outro nome quando eu era criança, mas há uns quinze anos meu pai mudou a sede do reino para lá e a cidade ganhou seu nome.

Kullat deu de ombros. Thagir sorriu, tirou um pergaminho de um dos bolsos da calça e o entregou à princesa, com um pequeno sinal de reverência.

– Esta é a prova de nossa missão – complementou, apontando para o pergaminho. Depois que ela o leu, Thagir acrescentou:

– Agora precisamos saber o que aconteceu.

– Primeiro digam seus nomes – a voz metálica de Azio ecoou pela caverna. Kullat olhou para o ser de metal com espanto, mas foi seu companheiro quem respondeu:

– Peço desculpas. Meu nome é Thagir, Senhor de Castelo e pistoleiro de Newho.

– Pistoleiro? – Laryssa perguntou. – Pistoleiros não são assassinos profissionais?

– Como tudo na vida, há dois lados nessa história – Thagir respondeu, sorridente. – No meu planeta, ter o título de pistoleiro é uma honra restrita a poucos iniciados na arte armamentista. – Apontando para o amigo, complementou as apresentações:

– Este é Kullat, Senhor de Castelo de Oririn.

– E eu sou Dorik – disse o *barman*, desanimado –, dono do bar que foi destruído por causa de vocês.

– Não se preocupe – Laryssa o consolou. – Meu pai vai compensar suas perdas. Não é mesmo, Azio?

O ser metálico olhou para a princesa. Um barulho abafado ecoou dentro de seu peito, e os olhos piscaram rapidamente. Kullat não conseguiu conter a curiosidade e perguntou:

– Princesa, de onde veio este autômato? Ele parece ter uma programação muito avançada.

Ao ouvir a pergunta, os olhos do autômato pararam de piscar e encararam Kullat.

– Meu nome é Azio. Sou guardião da princesa Laryssa, do reino unido branco e rubro de Agas'B. Minha prioridade é obedecer ao rei Kendal e proteger a princesa. Vim do planeta Binal.

– Binal? Por Khrommer! * – Kullat exclamou, espantado.

Ele já ouvira seu irmão, Kylliat, falar sobre aquele planeta. *Achei que todos haviam sido exterminados durante a queda do mundo Binal*, pensou.

– Você deve ser bem antigo – disse Thagir. Azio apenas confirmou com a cabeça. – É o único binaliano que restou?

– Talvez eu seja o último da minha raça – o autômato respondeu. Em seu peito, um zunido eletrônico pôde ser ouvido, depois um estalo seco seguido de um silêncio constrangedor. Seus olhos se tornaram violeta, e ele continuou. – Mas o passado não é tão importante quanto o presente. Como disse antes, minha responsabilidade é com o soberano Kendal e com a segurança da mestra Laryssa.

---

* Deus adorado principalmente no planeta Oririn, possui sacerdotes, monges e templos. Também chamado de Deus da Cidade de Prata, que fica além das planícies vermelhas.

Thagir sorriu e Kullat fez uma reverência, retribuída por Azio com o mesmo gesto.

Eles continuaram a conversar por algum tempo. Laryssa contou que sabia se comunicar com os animais de Agas'B porque recebera treinamento das Filhas da Natureza no Templo da Floresta. Azio também a ajudara a desenvolver esse dom, imitando sons para que ela os traduzisse. Foi assim que ela pôde pedir ajuda às lebres gigantes da floresta Fluyr, e também assim a raposa lhe contou sobre a caverna e os túneis dentro da montanha.

A princesa falou ainda sobre sua procura pela última peça do Globo Negro, um objeto mágico de grande poder que permite prever o futuro e aumentar a força dos soldados de um exército.

– Com todas as peças do Globo Negro – disse, acariciando a sacola ao seu lado –, um governante poderia antever tempestades que ameaçam colheitas ou uma possível invasão hostil. Seria possível estabelecer a paz e a harmonia entre os povos e levar a justiça a todos os reinos.

– Mas esse Globo Negro estava quebrado? – perguntou Kullat.

– Estava não, está! – ela esclareceu. – Muito tempo atrás, ele foi quebrado em quatro partes. Meu pai encontrou três delas, mas há anos procura pelo último fragmento. Desde muito pequena eu o vejo frustrado por essa busca incessante. Então eu treinei e treinei, planejando conseguir a última parte do Globo Negro para o meu pai. Mas ele nunca me deixou partir.

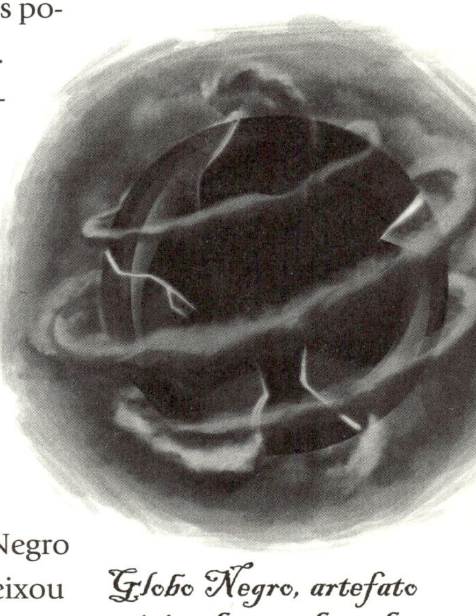

Globo Negro, artefato mágico de grande poder.

– Então você fugiu? – disse Kullat.

A princesa ficou constrangida, mas concordou com a cabeça.

– Peguei as três partes que meu pai já tinha – explicou, olhando para o fogo. – Precisaria delas para encontrar a peça final.

– Como assim? – Thagir questionou, intrigado.

– Eu já tinha tentado fugir uma vez, quando era mais jovem – ela respondeu, ainda olhando para o fogo –, mas Noiw me impediu. Naquela noite descobri que, se eu juntasse as três partes à luz da lua cheia, elas projetariam a direção da última peça – a expressão em seu rosto mudou, demonstrando mais confiança e determinação. – Há alguns meses, convenci Noiw de que estava preparada para a jornada. Mas ele só concordou quando aceitei que me acompanhasse.

– E como Azio se encaixa nisso tudo? – Dorik perguntou, mordendo outra fruta.

– Ele é meu guarda-costas há tanto tempo que nem sei dizer – Laryssa olhou com ternura para Azio. – Acho que a minha primeira lembrança é de nós dois brincando de esconde-esconde nos jardins do palácio. Imagine este grandalhão tentando se esconder atrás de uma moita de bambus... – completou sorridente e, depois de uma breve pausa, continuou. – Eu não poderia partir sem o meu melhor amigo!

Os olhos de Azio piscaram rapidamente num verde-esmeralda, e alguma engrenagem deve ter girado em seu interior, pois todos ouviram três cliques curtos vindos de seu peito.

– Foi uma longa procura – a princesa continuou –, que nos levou até os desfiladeiros de Nog ao norte do reino, perto do porto de Kalclan. Lá vasculhamos centenas de cavernas e enfrentamos criaturas horrendas das profundezas do planeta. Depois de muito tempo e muita procura, conseguimos achar a última peça. Mas o Globo Negro, mesmo completo, não funcionava.

Laryssa estava nitidamente frustrada. Tocou novamente a bolsa de couro, que guardava as quatro peças do Globo Negro.

– Escutei meu pai falar uma vez sobre a Mãe de Todas as Fadas. Ela é tão velha que talvez seja a única criatura viva em Agas'B que tenha visto o Globo Negro em funcionamento. Então ainda tínhamos uma esperança – ela passou a mão pelos cabelos curtos, com um ar cansado. – Mas, quando estávamos a poucos quilômetros de Cim, fomos atacados por um bruxo chamado Sylar.

A princesa explicou que, durante a batalha, Sylar criou um intenso brilho, que a cegou temporariamente.

– O que aconteceu com Noiw? – a pergunta veio de Dorik, que imediatamente se arrependeu, pois os olhos de Laryssa ficaram marejados. Ela esperou alguns instantes, tomou fôlego e respondeu em voz baixa:

– Ele foi ferido gravemente tentando me defender.

– Sinto muito – Thagir disse com humildade. Kullat a fitava com os olhos escuros sem dizer nada, mas sua tristeza era aparente.

– Ele morreu para me proteger – ela enxugou os olhos com as mãos. Thagir esperou a princesa se recompor, dando tempo para que ela pudesse continuar seu relato.

– A luz da magia de Sylar pareceu me dominar – a princesa prosseguiu, com o olhar distante. – Quando recobrei a lucidez, vi Chibo e seus homens-lagartos combatendo o bruxo. Chibo o feriu com o machado, mas o feiticeiro conseguiu fugir. E, quando achei que ajudariam, eles nos atacaram. Lutaram com Sylar porque queriam nos capturar e roubar o Globo Negro. Depois que Chibo e seus soldados nos dominaram, ficamos presos em um acampamento próximo de Cim.

– Foi desse acampamento que vieram os tais Karuins, os homens-répteis, certo? – perguntou Kullat. Ele esperava uma resposta afirmativa, pois, pela rapidez com que Chibo reunira o exército depois da briga no bar, eles deviam estar próximos.

Laryssa concordou com a cabeça. Voltou-lhe à memória o dia da batalha com o bruxo. Lembrava como o feiticeiro parecia tentar lançar encantos sobre ela, mas Azio e Noiw o combatiam, sem permitir que ela entendesse o que ele dizia.

O bruxo lançou um encanto de luz que os cegou. Quando a luz a tocou, Laryssa sentiu uma estranha sensação, como se sua alma tivesse deixado o corpo. Mas esse sentimento durou pouco, pois Chibo havia chegado e iniciado sua luta com Sylar. Após derrotar o feiticeiro, Chibo a nocauteou e amarrou seus pés e suas mãos, fazendo o mesmo com Noiw e Azio.

Para dominar o autômato, os soldados Karuins lançaram uma espécie de rede enfeitiçada que sobrecarregou seus circuitos. A princesa acordou amarrada em uma cela de ferro e por horas observou os homens-répteis andarem por todos os lados, entrando e saindo de tendas rústicas.

Alguns deles cozinhavam raízes, que deixavam um forte cheiro no ar. Outros simulavam batalhas e às vezes até matavam seus companheiros na empolgação do exercício. Laryssa percebeu que Chibo ficava na grande tenda central, protegida por quatro guardas. Graças a suas habilidades de comunicação com os animais, pediu que os esquilos roessem suas amarras e as de seus companheiros. Depois, pediu que um grupo de grandes felinos e várias aves atacasse o acampamento, criando distração.

No tumulto, Azio quebrou as celas e, antes de fugirem, Laryssa correu para a tenda de Chibo, que estava combatendo os felinos. Lá encontrou as quatro partes do Globo Negro e as guardou na bolsa de couro, depois os três fugiram rumo à cidade para procurar ajuda. Mas foram seguidos por Chibo e por um grupo de soldados.

A princesa voltou ao presente, dizendo que os híbridos não falavam nenhuma língua animal que conhecesse.

Dorik esticou os braços, se espreguiçou e bocejou alto.

– Obrigado, princesa – disse Thagir, sorrindo. – Agora já sabemos o suficiente. Sugiro descansarmos até o amanhecer.

Todos concordaram, e Kullat se ofereceu para ficar no primeiro turno da vigília. Mas Laryssa disse que não era preciso, pois Azio era capaz de permanecer alerta por muito tempo.

– Será um prazer mantê-los seguros, mestres – disse respeitosamente o autômato, enquanto caminhava para a entrada da caverna.

Kullat enrolou-se em seu manto branco, inclinou-se em cumprimento à princesa e deitou-se próximo ao fogo. Thagir, Dorik e Laryssa fizeram o mesmo. Ela mantinha perto de si a sacola de couro que guardava o Globo Negro.

Por entre Rochas

O barulho de uma explosão acordou Kullat. Outro som estranho, como de um alarme, irritava seus ouvidos. Levantou-se com as mãos brilhando em chamas mágicas. Thagir e Dorik também acordaram. O pistoleiro puxou das costas dois bastões de combate, que, guardados embaixo da casaca, deixavam à mostra apenas a ponta dos cabos marrons, parecendo detalhes da roupa.

Kullat procurou Laryssa e a encontrou encostada na parede rochosa, segurando a bolsa de couro. O barulho continuou, vindo da entrada da caverna. A força das explosões provocava tremores no interior escuro e fazia as estalactites caírem do teto como flechas. Thagir entregou um dos bastões a Dorik e sinalizou para que fosse até Laryssa, então correu para a entrada, desviando da chuva de pedras pontiagudas. Kullat seguiu o amigo de perto. Quando chegaram à entrada, quase não acreditaram no que viram.

Dezenas de soldados Karuins atacavam um gigante dourado. Azio estava irreconhecível. Tinha praticamente dobrado de tamanho e parecia um guerreiro de armadura. Os olhos piscavam em vermelho. O som do alarme que Kullat ouvira vinha da cabeça do autômato. Uma de suas mãos tinha se tornado uma espécie de canhão, que soltava rajadas de balas. Um dispositivo que lançava raios de energia estava encaixado em uma fenda no outro braço. Sob seus pés, alguns dos soldados reptilianos jaziam mortos. Kullat e Thagir correram em direção a Azio e ficaram um de cada lado do autômato.

– Eles nos acharam! – a voz de Azio era de um tom metálico familiar. – Temos que salvar a princesa! – O som irritante de sirene parou assim que o autômato terminou a frase.

– Vejam! – Thagir apontou para o céu. – Alguns podem voar!

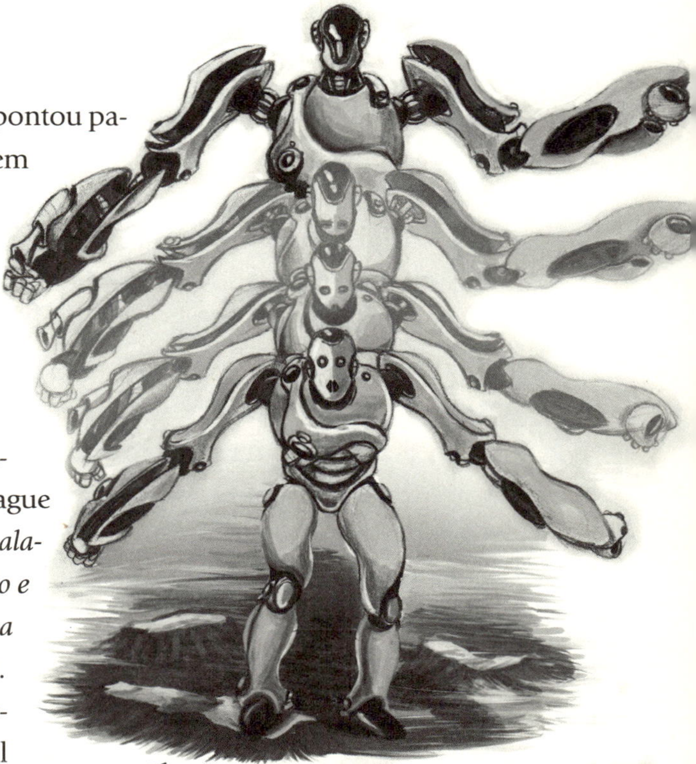

Eram soldados Karuins com asas como as de um dragão, com uma fina membrana esverdeada e pálida. Voavam rapidamente em zigue-zague pelo céu. *Esses soldados alados devem ter nos seguido e visto quando entramos na caverna*, pensou Kullat.

Azio entrando em módulo de combate.

Thagir e ele se entreolharam e, com o sinal de concordância que sempre precedia a batalha, partiram para o ataque. O bracelete direito de Thagir voltou a brilhar e, segundos depois, havia em sua mão um revólver rubro e negro. O pistoleiro disparou repetidamente contra os soldados à sua frente. Sempre que as sete balas eram utilizadas, fazia rapidamente o movimento para liberar o tambor e derrubar as cápsulas vazias. Quando retornava brilhando, o tambor já estava novamente carregado.

Com o bastão na outra mão, Thagir quebrava os ossos dos inimigos que conseguiam se aproximar. Com um movimento rápido de braço, deu um tiro perfeito, que atravessou a cabeça de três soldados, fazendo espirrar sangue verde pela floresta.

Kullat defendia seu flanco com rajadas e socos. Um dos répteis pulou gritando para cima dele, para tentar rasgar sua garganta. O Senhor de Castelo juntou as mãos espalmadas e lançou um raio prateado que cortou a criatura em dois antes mesmo que chegasse ao chão.

A batalha prosseguia ferozmente. Era como se, para cada soldado derrubado, dois surgissem em seu lugar. As rajadas de energia de Kullat brilhavam em explosões contra os corpos verdes e escamosos de seus inimigos, dilacerando a carne e queimando as roupas. Mas eles continuavam a avançar.

Os seres alados atiravam de cima com revólveres e espingardas, enquanto os demais pulavam e corriam para a entrada da caverna. Kullat acertou um alado com suas rajadas, arrancando uma das asas da criatura, que caiu vociferando em sua língua estranha.

Thagir apontou o revólver para o alto e deu dois tiros, estraçalhando o ombro de outro alado. Azio, que aumentava rapidamente a pilha de corpos à sua frente, falou para os dois:

– Fujam pelos túneis! Eu encontro vocês!

O autômato continuou o combate com ainda mais violência e destruição. Percebendo que não conseguiriam convencê-lo do contrário, os Senhores de Castelo retornaram para o interior da caverna. Explicaram rapidamente o que estava acontecendo e contaram a Laryssa a ideia de Azio.

– Temos que ir por dentro da montanha. Peguem tochas – ela ordenou, enquanto se dirigia para o fundo escuro da caverna. – A raposa me disse para seguir sempre pela direita.

Dorik e Thagir retiraram da parede duas tochas. Mal chegaram perto da princesa e ela iniciou sua corrida por entre as rochas. O fundo da caverna se ramificava em vários caminhos. As paredes negras de pedra eram grossas e úmidas. Laryssa pegou uma tocha, tomou a frente e entrou no buraco mais à direita, alto o suficiente para Thagir conseguir correr sem se abaixar. A escuridão era total, a não ser pelo reflexo do fogo nas paredes. Mas o caminho era liso e plano, como se fosse o leito de um antigo rio.

Correram na escuridão por mais de uma hora. O túnel em que estavam começou a ficar cada vez mais baixo, forçando Kullat e Thagir a baixar a cabeça e, pouco depois, a andar com os joelhos dobrados, atrasando o progresso do grupo.

Um barulho repentino os fez parar. Era como um eco, vindo do caminho atrás deles. Outro barulho, agora mais forte, ecoou na caverna.

– Estão explodindo os túneis! – Dorik gritou com desespero. – Vão nos soterrar!

Laryssa pensou em Azio, mas não houve tempo para refletir sobre o que aconteceria com ele, já que Kullat mandou todos correrem. As paredes tremiam com as explosões. Eles se moviam o mais depressa que podiam, seguindo Laryssa pela escuridão.

– Ali! – ela apontou aflita para um buraco estreito na parede.

A saída estava bloqueada por grossos galhos, cheios de espinhos e folhas. Thagir tomou a frente e pegou seu bastão, que ainda estava com Dorik. Apertou um botão no cabo da arma e duas lâminas semicirculares surgiram na ponta oposta. Ele começou a golpear a cerca viva que bloqueava a saída. A cada golpe, a luz entrava mais forte por entre as brechas da folhagem. Rapidamente, o espaço era suficiente para Dorik passar.

Outra explosão, porém, fez com que a rocha acima deles tremesse e rachasse. Antes que alguém pudesse sair, o teto desabou sobre os quatro fugitivos.

Ferro Flamejante

A pressão era forte demais. As mãos enfaixadas de Kullat seguravam as pedras frias e negras que forçavam caminho para baixo. Thagir fez Dorik sair pelo estreito buraco na cerca viva. Os espinhos machucaram seus braços e suas mãos.

Enquanto o *barman* saía, Laryssa olhava impressionada para Kullat, que segurava o teto caído com as costas arqueadas e um dos joelhos no chão. Seu corpo todo tremia, tamanho era o esforço que fazia para manter toneladas de rocha acima da cabeça. Sangue escorria de seus olhos, ouvidos e nariz. Suas mãos emitiam uma luz que segurava a pequena área em que ele e os demais podiam permanecer. Como uma concha, o brilho refletia nas pedras e se estendia até a saída, garantindo assim que os outros pudessem escapar.

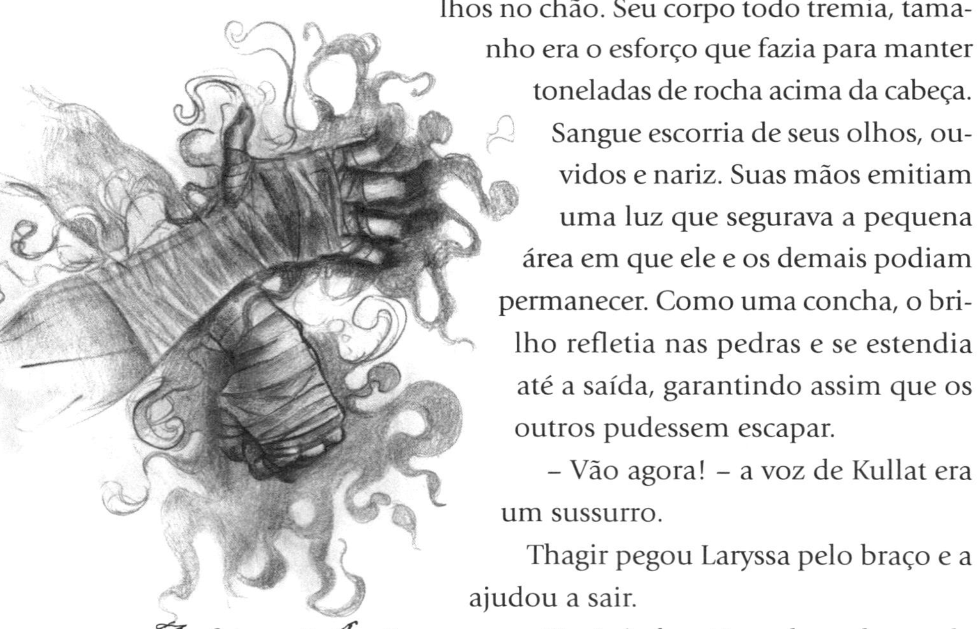

As faixas de Jord, que manipulam energia. Portador atual: Kullat de Oririn.

– Vão agora! – a voz de Kullat era um sussurro.

Thagir pegou Laryssa pelo braço e a ajudou a sair.

– Você ainda está me devendo aquele cuspe de dragão – disse e, sem hesitar, agarrou com ambas as mãos o manto de Kullat e o puxou para si, impulsionando ao mesmo tempo seus corpos para fora da caverna.

O teto desabou ruidosamente quando eles saíram. Thagir tossiu por causa da nuvem de poeira e se levantou rapidamente, mas Kullat permaneceu deitado. Um filete de sangue escorria de seu nariz. A princesa se abaixou e o virou de barriga para cima. Thagir pegou o pulso do amigo e sentiu uma fraca pulsação por entre as faixas brancas.

– Ele está vivo! – As faixas brancas estavam opacas, sem emitir o usual brilho aperolado. O manto agora estava sujo com o pó negro da caverna. – Ele precisa de descanso e de comida para recuperar as energias. Não aguentará outro ataque.

– Para onde vamos? – Laryssa olhava para os lados, procurando descobrir onde estavam. Estava abalada pela queda do teto e ainda pensava em Azio, além de sentir grande tristeza e preocupação por causa de Kullat.

– Vamos para Pegeo. Tenho um conhecido lá, Mohause, que me deve alguns favores – Dorik falou. Os outros apenas concordaram com a cabeça.

A viagem durou poucas horas, pois Laryssa pediu que três enormes cavalos selvagens, rajados como tigres, os carregassem correndo até a cidade de Pegeo. O grupo cavalgou em silêncio, com Thagir à frente, montado em um cavalo cinza com pelos rajados de azul-marinho. Levava Kullat desmaiado na garupa. O sol já havia se levantado quando avistaram uma grande sombra no céu, vindo rapidamente em sua direção. Os viajantes, intrigados, pararam próximo de um pequeno lago e se esconderam atrás de algumas árvores. Tinham certeza de que os répteis alados os estavam seguindo.

Thagir desceu do cavalo e baixou Kullat sobre a relva orvalhada. Na mão direita, o revólver foi materializado. Na esquerda, segurava um dos bastões de combate com as lâminas abertas em forma de machado.

– Laryssa, pegue este bastão e se esconda atrás daquela árvore – ele instruiu e, percebendo o olhar da princesa para o companheiro caído, complementou:

– Dorik, leve Kullat e fique com a princesa.

Sobre a grande sombra, surgiu um leve brilho. Um som parecido com um canto de pássaro pôde ser ouvido ao longe. Thagir armou o revólver e o apontou friamente para o que imaginava ser um dos monstros de Chibo.

– Não atire! – Laryssa gritou, saindo do esconderijo com Dorik.

Mais um instante e Thagir, acostumado a puxar o gatilho, teria acionado a poderosa arma. Por seu treinamento e experiência, conseguiu interromper o movimento milímetros antes de acionar o gatilho, mas manteve a mira enquanto a enorme sombra se aproximava, batendo as asas até pousar.

Quando o gigantesco pássaro já se encontrava em solo, Laryssa correu para perto de Thagir. Parou, admirada com a visão à sua frente. As enormes asas de penas marrons contrastavam com a brancura do peito forte e largo do animal. Os olhos, amarelos e grandes, eram contornados por uma penugem negra que cobria toda a face e cercava o bico afiado. As patas musculosas terminavam em ameaçadoras garras amarelas. Em seu robusto lombo estava Azio, de volta ao tamanho normal, coberto de poeira e sangue verde.

– Saudações, princesa – ele disse, com sua habitual voz metálica.

– Meu amigo! – ela correu para dar um forte abraço no autômato, que acabara de descer das costas do gavião gigante.

A princesa quis saber o que houvera durante a luta na caverna, mas Thagir disse que não deveriam ficar expostos naquele campo aberto, principalmente com inimigos rastreando seus passos. Colocando Kullat novamente na garupa de seu cavalo, ordenou que retomassem a jornada para Pegeo.

Uma das aves de rapina gigantes, raramente vistas, que habitam as montanhas da floresta Fluyr.

Laryssa tentou protestar, mas, sob o olhar firme de Thagir, não tomou nenhuma atitude. Apenas falou com a grande ave à sua frente na linguagem musical e acariciou-lhe a penugem da cabeça. Após receber o carinho de Laryssa, o grande gavião soltou um som estridente e, com o bater das poderosas asas, lançou-se ao céu azul.

O cavalo mais forte foi dado para Azio. Era um animal grande, de dorso escuro e pelagem curta. Laryssa e Dorik ficaram com um cavalo marrom de crina branca. Thagir levaria Kullat, ainda desacordado, no seu.

O grupo seguiu viagem até a cidade e entrou por uma rua secundária. Laryssa comprou um manto vermelho e cobriu o rosto com o capuz. Para Azio, comprou uma túnica marrom com capuz, botas e luvas. Thagir carregou o amigo nos ombros sem reclamar uma única vez, apesar do aparente esforço que era transportar um homem daquele porte.

A taverna Ferro Flamejante era um dos vários estabelecimentos que ficavam no lado leste da cidade, a zona mais perigosa da região. Pertencia a um velho companheiro de batalhas de Dorik, que garantiu que ali conseguiriam comida e repouso para que Kullat pudesse se recuperar.

Como os viajantes não queriam chamar atenção, Dorik os deixou esperando atrás do estabelecimento, em um beco cheio de barris de lixo e restos de comida, rodeados de moscas. Ele entrou pela frente da taverna, que, por causa das famosas costelas de címalo* ao molho de ervas, tinha sempre movimento de viajantes e moradores da periferia.

Alguns minutos depois, um barulho de ferrolhos sendo destrancados e de madeira rangendo indicou que a porta traseira do estabelecimento estava sendo aberta. Mesmo carregando o amigo, Thagir ficou de prontidão para agir e liberou a mão direita, para materializar a arma de fogo caso fosse preciso.

Um rosto gordo e suado, com a barba por fazer, apareceu por uma fresta. Uma grossa corrente na porta permitia que quem estivesse dentro da taverna verificasse o ambiente externo sem precisar abri-la totalmente. Era uma segurança necessária na região leste de Pegeo.

---

* Espécie de bovino lanoso de grande porte. Maior que touros e vacas, sua carne é rica em gordura e muito apreciada no reino de Agas'B. Por ser bastante forte e resistente, também é utilizado para puxar carroças de carga. Alguns criadouros de címalos são encontrados à beira do rio Geora.

Olhos desconfiados analisaram os homens detalhadamente. Depois seguiram para a princesa, detendo-se mais longamente nas partes descobertas de seu corpo. Em seguida vislumbraram Azio, o gigante de metal. Thagir notou o espanto daquele olhar e ficou surpreso, pois a porta foi fechada bruscamente quando o autômato emitiu um silvo agudo e rápido.

– Dorik! Que loucura é essa? Trazendo um autômato para a minha casa? – as palavras abafadas podiam ser ouvidas, enquanto o homem do rosto gordo gritava com o *barman* atrás da porta fechada.

Alguns murmúrios também puderam ser ouvidos, mas ninguém entendeu o que foi dito. Azio começou a piscar rapidamente com os olhos agora púrpura, e o barulho abafado em seu interior voltou a ser emitido. A princesa e o autômato travaram uma pequena conversa naquela língua estranha de bipes e chiados e, depois de alguns segundos, Laryssa olhou desamparada para o chão e falou como que para si mesma:

– Ele não conhece você, meu amigo.

A discussão dentro da taverna foi interrompida. Outro barulho de ferrolho, depois um ruído de correntes foram ouvidos. A porta se abriu, dessa vez por completo. O homem gordo agora podia ser visto por inteiro. Seu corpo obeso combinava estranhamente com o ambiente fétido do beco. Os braços fortes e peludos estavam nus, e apenas um avental velho e engordurado cobria-lhe o tronco, contrastando com as calças marrons de tecido grosso. Chinelos de couro completavam a grotesca figura.

– Os amigos de Dorik também são meus amigos! – o homem disse gentilmente, com uma ponta de cinismo. – Entrem, sintam-se em casa! – completou, afastando o corpanzil e abrindo espaço para que pudessem passar.

Nenhuma palavra foi dita pelos cansados viajantes durante o breve caminho entre a porta de entrada e as "acomodações especiais reservadas para figuras ilustres". Apenas seguiram Dorik e o estalajadeiro, sem interromper o monólogo deste enquanto os guiava até o porão. O lugar nada mais era do que um quarto grande, cuja porta ficava escondida atrás de uma velha adega.

Ao menos havia várias camas, onde poderiam se deitar e descansar o corpo doído. O estalajadeiro se apresentou, dizendo que se chamava Mohause, um velho companheiro de Dorik, e que não tomaria mais o tempo deles com sua conversa tola, pois precisavam comer e descansar. Thagir agradeceu pela ajuda e garantiu que ele seria recompensado.

Mohause informou polidamente que não aceitaria nenhum tipo de ressarcimento e que fazia aquilo pelo amigo, que o havia salvado várias vezes nas batalhas que enfrentaram juntos. Mas Thagir percebera a satisfação do estalajadeiro com a possibilidade de ganhar alguma recompensa posteriormente.

Dorik acompanhou Mohause para fora do quarto e voltou alguns minutos depois com uma cesta de pães, uma garrafa de vinho forte, queijos e salames. Enquanto isso, Azio permanecia em um canto como que absorto em pensamentos. Laryssa estava sentada em uma cama próxima de seu guarda-costas dourado.

Thagir havia deitado Kullat na cama oposta à porta e, depois de umedecer um pano na única torneira do quarto, o colocou na testa do amigo, para aliviar a febre que havia começado.

– Estas ervas vão ajudá-lo a se recuperar mais rápido – disse Thagir, retirando algumas folhas e ramos secos do bolso da calça. – É uma variedade rara de sigmalina* que cresce na nascente do rio Pangodes, próximo a meu castelo. Estes ramos foram colhidos pelas pequenas mãos da minha querida filha Alana.

Ele não esperava resposta, e seu tom de voz demonstrava tristeza e saudade da esposa e das filhas. Por seus deveres como Senhor

* Planta com propriedades curativas do planeta Newho.

de Castelo, às vezes ele ficava muito tempo longe de casa e sentia falta da família. Durante as primeiras horas do dia, Thagir cuidou do companheiro, aplicando-lhe o unguento de ervas. A febre cedeu e uma leve luz opaca já começava a emanar das mãos enfaixadas, sinalizando que a primeira batalha para a recuperação havia sido vencida.

Dorik e Laryssa fizeram uma refeição farta e rapidamente adormeceram. A princesa deixou nos pés da cama a sacola de couro com o Globo Negro. Azio assumiu a vigília. Thagir não resistiu ao cansaço e também dormiu, mas com a garantia de que o gigante de metal estaria a postos para qualquer eventualidade.

Acordou horas depois com o corpo ainda dolorido, porém recuperado do cansaço. Olhou ao redor do quarto e viu Azio parado, em silêncio. Na cama ao lado, estava Kullat. O brilho em suas mãos permanecia fraco. Laryssa e Dorik ainda dormiam.

– Fico feliz que tenha conseguido nos encontrar, Azio – Thagir se sentou na cama com um movimento suave.

– Agradeço sua preocupação, mestre Thagir – o autômato respondeu, sem olhar para o pistoleiro.

– Pode me contar o que aconteceu com você na caverna? Sua aparência era totalmente diferente.

Os olhos de Azio brilharam fracamente. Ele se virou para Thagir e, após um ou dois ruídos no peito, iniciou seu relato com uma voz calma e baixa.

– Eu estava em módulo de combate, quando meu corpo muda para lutar melhor. Sou capaz de atacar com armas de fogo e de raios. Tenho também a habilidade de perceber a estratégia inimiga, analisá-la e encontrar seus pontos fracos. A proteção da minha pele aumenta, resistindo melhor a ataques de machados, espadas e até tiros de baixo calibre.

– Interessante – disse Thagir, mais para si mesmo. – E depois que escapamos, o que aconteceu? Sabe por que explodiram a caverna?

– Depois que vocês entraram, continuei a batalha contra os soldados por muito tempo, mas eram muitos e fui perdendo energia e munição. Chibo apareceu com seu machado e conseguiu me desequilibrar, levando-me ao chão – o autômato parou por alguns instantes, como se estivesse escolhendo as palavras. O som em seu interior reiniciara, criando um barulho distinto no quarto. – Os soldados répteis aproveitaram minha queda e entraram na caverna, e muitos outros continuavam a atirar. Minha análise mostrou que não haveria possibilidade de vitória naquele campo. Assim, logicamente, me retirei.

O autômato continuou a história, contando que abrira caminho e começara a escalar a montanha. Como conhecia a língua dos animais, pediu ajuda a um gavião gigante. Quando foi agarrado pelas fortes presas da ave, ouviu as explosões. Do alto, parecia que Chibo estava berrando, irritado com seus soldados.

O barulho no peito do autômato tinha diminuído. Thagir se levantou, andou até a cômoda e serviu-se de água, que estava num jarro de bronze escuro.

– Tenho um sensor que me permite saber onde Laryssa se encontra – completou Azio. – Está sintonizado com as ondas vibracionais da joia presa no umbigo dela, permitindo que eu a encontre em qualquer lugar.

Quando o autômato terminou de falar, o pistoleiro agradeceu com um leve meneio de cabeça. Voltou-se para preparar outra infusão de ervas, perdido em pensamentos.

Em poucos dias, Kullat melhorou. Suas mãos já emanavam luz mais intensamente e a febre tinha cedido. O manto estava completamente branco, de forma espectral, como um nevoeiro, sem as marcas da batalha. Thagir ministrava as ervas regularmente durante o dia. À noite, saía para o bar e jogava cartas, um disfarce para vigiar o local. Também fazia incursões noturnas pela cidade, na tentativa de descobrir se ainda eram seguidos por Chibo.

Como a princesa insistia em dizer que não suportava mais ficar enclausurada naquele esconderijo e exigia sair, no quinto dia Thagir acompanhou Dorik e Laryssa até a feira de pescados e frutas, nos estandes flutuantes, formados por barcos amarrados uns aos outros. Atencioso, Dorik explicou a ela que Pegeo era uma cidade típica de pescadores, já que grande parte dela era formada por casas sobre palafitas dentro do lago Edul.

Laryssa ficou fascinada com a grande variedade de peixes e frutas do mercado flutuante. Queria que Azio estivesse ali para ver as pequenas ruas de água, com movimento constante de canoas e pequenos barcos. Mas era melhor que o autômato ficasse no quarto, para não despertar a atenção dos moradores.

Depois foram até a parte seca, no lado oeste da cidade, onde várias tendas de mercadorias se enfileiravam, com seus donos a mostrar as novas aquisições de cidades longínquas ou que haviam sido trazidas por caravanas de comerciantes que atravessavam o deserto da Solidão.

– Lindo! – a princesa exclamou quando viu um colar com adorno de bronze. Estava pendurado em uma tenda pequena do outro lado da rua, era opaco e tinha formato de estrela, com uma gema amarela ao centro. Comprou a joia e voltou ao quarto alegre como uma criança.

Estavam todos jantando quando Kullat acordou. Soltou um gemido e vagarosamente levou a mão à testa. Sentia-se dolorido e fraco. Thagir foi o primeiro a se aproximar do amigo. Ajudou-o a se sentar, dizendo que não se esforçasse tanto, o que fez Kullat sorrir.

– Thagir, por favor – disse debilmente. – Assim vão achar que sou um fracote.

Laryssa procurou não demonstrar emoção, mas sua alegria transpareceu ao ver o rosto de Kullat sorrir novamente. Sentado na cama, ele comeu vagarosamente, embora estivesse com muita fome. Após o jantar, Thagir e os demais contaram o que havia se passado durante os dias em que estivera inconsciente. Em alguns momentos do relato, os dois Senhores de Castelo apenas se entreolhavam e balançavam a cabeça. Um sinal de que teriam que conversar novamente.

Joia de Landrakar

O dia seguinte surgiu com surpresas. Thagir precisava sair para comprar munição e Azio pediu permissão para acompanhá-lo.

– Melhor não, Azio – foi a resposta. – Você sabe que não podemos chamar atenção.

O ser de metal insistiu, para surpresa de Kullat e Thagir. Novamente a criatura autômata mostrava certa personalidade. Foi Laryssa quem achou uma saída.

– Ele pode ir! – ela disse. – Basta usar as vestes com capuz que comprei quando chegamos. Isso vai escondê-lo.

– Posso usar as luvas e as botas também – concluiu Azio.

Thagir olhou com incredulidade para Kullat, recebendo do amigo a mesma impressão. Tentaram argumentar sobre os perigos com Laryssa, mas ela não cedeu. A conversa durou pouco. Logo Azio estava vestido com uma grande túnica marrom, que lhe cobria da cabeça aos pés. Complementavam a vestimenta luvas de couro e botas de caçador. O capuz escondia seu rosto, e os olhos brilhavam na sombra. Kullat podia jurar que o autômato estava sorrindo, embora seu rosto dourado não pudesse expressar emoção.

Com o fim da discussão, Thagir e Azio saíram em busca de uma casa de armas em Pegeo. Ali comprariam balas de diversos calibres, tanto para o revólver como para o autômato, que estava praticamente sem munição depois do combate na caverna. Encontraram uma pequena loja em uma rua pouco movimentada.

– É melhor deixar que eu fale – cochichou Thagir.

– Sem problemas, mestre – Azio respondeu metalicamente.

Ao entrarem, foram atendidos por um atencioso senhor de óculos grossos e arredondados. Com cabelos brancos e ralos, parecia ter cerca de 150 anos.* Os olhos eram castanhos, e o queixo, fino. Usava um fino cavanhaque prateado.

– Meu nome é Anteos – disse o velho vendedor. Thagir notou que suas mãos eram bastante firmes para a idade.

– Eu e meu companheiro precisamos de munição – disse o Senhor de Castelo apontando para Azio, que ainda usava o capuz para encobrir o rosto.

– Mas é claro, senhores – o homem respondeu, arrumando os óculos. – De que calibre?

– Que calibre o senhor tem? – perguntou o pistoleiro, olhando para o balcão envidraçado à sua frente e jogando um topázio rosa para o velho, que habilmente o pegou no ar.

– Ahh, meu senhor – Anteos falou com empolgação, olhando para a pedra preciosa –, aqui nós temos praticamente de tudo! – E, piscando um olho só e enrugando ainda mais o rosto, completou:

– Minha loja pode parecer pequena, mas o velho Anteos sempre dá um jeito de atender aos seus clientes.

O vendedor puxou uma corda dourada perto da porta e uma série de painéis escondidos começou a girar nas paredes. Uma infinidade de tipos de armas surgiu – arcos, facas, zarabatanas, revólveres pequeníssimos de um único disparo, pistolas de cano rotativo, escopetas e lançadores de dardos. Anteos girou uma manivela ao lado do balcão e uma portinhola se abriu na parede, revelando uma grande caixa que começou a se abrir em vários níveis, como uma caixa de ferramentas. Dentro dela havia caixas diversas de madeira, com grande variedade de munições.

– Podem escolher o que quiserem – ele falou de braços abertos, com evidente orgulho na voz.

---

* No Multiverso há uma infinidade de raças, e cada uma possui uma média diferente de expectativa de vida.

– Você é cheio de surpresas – disse Thagir, espantado.

Thagir e Azio separaram as caixas de munição de que precisavam. O pistoleiro também se interessou por um revólver dourado de cano simples, com vários símbolos talhados no coldre. Pegou a arma e a sentiu entre os dedos. Era leve e parecia se adaptar facilmente aos seus movimentos.

– É da cidade de Bordina, meu senhor. Esta arma foi confeccionada no planeta Armiger, pelos mais talentosos armeiros do tempo antigo – disse o velho de trás do balcão. – Essa peça é capaz de abrir um rombo na barriga de um urso.

Thagir voltou a olhar a arma. Percebeu que o tambor era capaz de armazenar nove balas, e a trava de segurança era apenas um botão próximo ao gatilho, podendo-se destravá-la rapidamente com um simples movimento de dedo. Decidiu comprar o revólver dourado, além da munição. Concentrou-se e a pedra de seu bracelete direito emitiu um brilho azul. Para espanto do idoso no balcão, o brilho envolveu também o pequeno revólver e, em poucos segundos, a arma desapareceu. A mesma coisa aconteceu com a munição das nove caixas sobre o balcão.

– Uma Joia de Landrakar – murmurou atônito o vendedor, olhando por cima das lentes dos óculos. Saiu devagar de trás do balcão e se aproximou de Thagir, que ficou visivelmente curioso para saber como o dono da loja conhecia a origem da joia em seu bracelete.

– A arma vai para a joia do bracelete, certo? – iniciou o idoso com a voz empolgada. – E a munição também! Somente o portador de uma Joia de Landrakar não precisa recarregar suas armas com as mãos. Vocês retiram as cápsulas usadas do tambor e, no momento em que o engatilham novamente, novas balas surgem no lugar.

Azio também surpreendeu o vendedor, e Thagir compartilhou da surpresa. O autômato retirou as luvas e, tocando a munição que se destinava a ele, começou a absorvê-la pela pele das mãos, incorporando-a ao corpo metálico.

– Vocês dois também têm suas surpresas! – exclamou o vendedor. E, batendo com a palma da mão na própria testa, continuou:

– Mas que mal-educado da minha parte! Aceitam um chá e uns biscoitinhos caseiros?

– E por que não? – respondeu Thagir, dando de ombros.

Anteos abriu um sorriso largo de satisfação, trancou a porta da frente e chamou os dois compradores para uma pequena, mas aconchegante sala no fundo da loja. Seu entusiasmo era visível, o que fez Thagir sorrir para Azio. Com um gesto, o idoso pediu gentilmente que se sentassem nas cadeiras em frente a uma pequena mesa de madeira. A seguir, trouxe chá preto e pequenos biscoitos amanteigados e os ofereceu aos ilustres visitantes.

– Desculpem meu entusiasmo, mas há anos não vejo um pistoleiro de Newho. Ainda mais usando um dos braceletes perdidos do lorde Grageon.

Thagir levantou a cabeça, surpreso.

– Como você conhece a história do lorde Grageon?

– Por muitos anos, fui pistoleiro como você – Anteos começou a contar, servindo o chá. – Na juventude, tentei várias vezes chegar a Newho para treinar e aprimorar minhas técnicas. Mas, apesar dos meus esforços, o destino sempre me levava por outros caminhos. Foi assim que conheci vários outros armeiros e pistoleiros durante minhas aventuras, e muitos deles contavam histórias sobre Grageon e seus braceletes mágicos.

Anteos contou o que sabia – que as pedras armazenavam diversos tipos de armas e munições, e a energia que a gema produzia era desconhecida, porém enorme. Todas as joias utilizadas eram oriundas de outros mundos, lapidadas por seres mágicos e mais antigas que a história dos reinos. O próprio Grageon reunira os braceletes e suas joias, em uma jornada que havia durado mais de cinquenta anos.

– A história diz que somente cinco braceletes restaram após a Guerra dos Traidores, em que o guardião das joias foi assassinado depois de matar, sozinho, mais de cem inimigos – ele afirmou. – Os braceletes foram disputados pelos sobreviventes e se perderam no tempo. Alguns foram destruídos em guerras. Outros perderam seus poderes, como se a energia de sua gema tivesse se esgotado. Talvez você saiba onde estão os outros! – ele concluiu, interessado na história do pistoleiro.

Braceletes de Thagir, um com a Joia de Landrakar e o outro com o Coração de Thandur.

Azio encarou Thagir. Debaixo do capuz, seus olhos piscavam vagarosamente, num tom verde-claro. O Senhor de Castelo sorveu um pouco de chá, mas não falou nada. O barulho abafado no peito do autômato recomeçou, como se indicasse sua impaciência.

– E então, mestre Thagir – Azio falou com a voz metálica –, sabe onde estão? – Seu peito estalou e o barulho parou.

– Alguns braceletes foram encontrados por diferentes pessoas ao longo do tempo – respondeu Thagir, enquanto colocava a xícara na mesa. – Há muitas gerações, três deles estavam sob a guarda do regente de Newho, que os passava de pai para filho. Eu e meu irmão Phelir recebemos dois como herança de nosso pai, que foi regente de nossa terra. O outro foi roubado do palácio e está desaparecido há treze anos. Também ouvi dizer que há outros dois braceletes, mas não tenho notícias de que tenham sido encontrados.

Ao terminar seu breve relato, Thagir percebeu que os olhos de Anteos brilhavam de alegria. Por um instante, o velho vendedor parecia uma criança a admirar um novo brinquedo.

Anteos agradeceu fervorosamente a explicação, levantando-se e curvando-se diante de Thagir. O pistoleiro sorriu, dizendo que agora deveriam ir, pois tinham assuntos inacabados na cidade. O vendedor novamente o cumprimentou em sinal de respeito e os acompanhou até a porta, dizendo que, se precisassem de qualquer coisa, bastava falar com ele. Azio recolocou as luvas, e Thagir e ele retornaram para a Ferro Flamejante.

Na taverna, Dorik, Laryssa e Kullat esperavam que os dois retornassem.

– Kullat – falou a princesa –, você acha que vai ficar bem logo? Apesar de a companhia de vocês ser muito agradável – ela fixou o olhar no de Kullat quando disse isso. Dorik achou que ele ficou um pouco tenso, mas apenas por um breve instante –, detesto ficar presa. Sou uma mulher da natureza, e ficar engaiolada me angustia.

– Minha força está quase completa novamente, princesa – ele respondeu, fazendo surgir nas mãos um brilho aperolado intenso. Segundos depois, a luz tomou forma, e uma mariposa de energia voou até a janela, explodindo em fagulhas.

– Que lindo! – Laryssa exclamou com um sorriso.

– Exibido – brincou Dorik.

– Que fome – disse Kullat, passando a mão na barriga. – Será que consigo alguma coisa na cozinha?

– Mas é a quarta vez que você vai comer hoje! Seu café da manhã já foi praticamente um almoço! – o *barman* protestou, rindo.

Kullat sorriu, mas não deu atenção. Dorik voltou a perguntar como ele conseguia comer daquela forma.

– Para fazer o que faço, eu uso a energia do meu corpo, mas ela não é infinita – o Senhor de Castelo respondeu. – Utilizei muita força para manter o teto da caverna sobre nossa cabeça. Aquilo consumiu tanta energia que meu corpo apagou.

Laryssa olhava curiosa para o manto espectral de Kullat. Parecia que o tecido estava vivo. Balançava com harmonia ao redor do corpo dele, mesmo que no quarto não entrasse vento. Às vezes, parecia que um brilho perpassava toda sua extensão, subindo e descendo pelo tecido.

– Lá no meu bar, reparei que um dos soldados de Chibo conseguiu acertar seu ombro com aquelas horríveis garras afiadas, mas você nem notou – Dorik se lembrou da luta que destruiu sua propriedade.

– É que tenho um campo de força junto ao manto. É útil, mas tem limites também. Se receber muitos danos, ele enfraquece. A mesma coisa acontece se me cansar demais. Já voar me consome o dobro de energia. Por isso só voo quando realmente não tenho opção – Kullat agora estava sem capuz e olhava para o brilho de suas mãos enfaixadas.

– Foi por isso que não nos levou quando Chibo descia a rua com o exército? – perguntou Laryssa, curiosa.

– Sim – ele respondeu. – Talvez eu não conseguisse voar com todos vocês. Agora me deem licença porque vou pedir para aquele barrigudo do Mohause me trazer algo para comer. Alguém quer alguma coisa? – perguntou, se levantando.

– Deixe que eu vou – Dorik falou, levantando-se também e alongando o corpo. – Preciso esticar os ossos. Além disso – complementou, piscando para Laryssa –, você certamente é uma companhia mais agradável para a princesa do que eu.

E saiu, berrando o nome de Mohause pelo corredor.

A Força dos Padawin

Depois que Azio e Thagir retornaram e todos tomaram o café da tarde, Laryssa levantou-se da mesa e foi mexer na sacola de couro que estava sobre a cama.

– Temos que ir para Dipra – disse, sem se virar.

– Dipra? Mas devemos levá-la até o castelo do rei Kendal! – argumentou Kullat, com claro espanto.

– Será em Dipra que descobrirei como utilizar o Globo Negro. Na cidade, procuraremos por uma anciã de nome Margaly.

Com a voz grave, virou-se e acrescentou:

– Irei com ou sem vocês!

Kullat lembrou que, na caverna, a princesa havia falado que Sylar a atacara antes que ela e os demais chegassem à cidade. Ele parou por um instante, pensando se levar a princesa até Dipra seria a melhor opção. Afinal, eram mais de duzentos quilômetros de distância. A possibilidade de um ataque era grande. Seus pensamentos foram interrompidos por Azio, cuja voz metálica ecoou pelo quarto.

– Mestres, a melhor rota para a cidade de Kendal nos leva primeiro a Dipra.

– É verdade – certificou Dorik. – Só há duas outras rotas possíveis. Uma é ir até o litoral oeste, conseguir um navio para percorrer a costa e depois retornar vários quilômetros pelo continente, o que tomaria três vezes mais tempo.

– Essa realmente não parece ser a melhor solução – refletiu Thagir.

– A alternativa – continuou Dorik – leva diretamente ao pântano Muko, onde muitos já perderam a vida, devido às armadilhas viscosas dos caçadores de homens. Além disso, há a perigosa cidade de Kallidak, antro de contrabandistas, e uma cadeia de montanhas imensas.

– O estreito de Or – falou Laryssa – é o caminho mais rápido para chegar até a cidade de Kendal. Teremos de seguir a estrada que contorna o rio Geora até a foz. E essa estrada passa por Dipra! – finalizou, confiante.

– Então – disse Thagir, levantando-se –, que assim seja!

– Amigos – interrompeu Dorik, com os olhos baixos –, sinto informar que esta aventura acabou para mim. Falei com Mohause e ele me ofereceu trabalho aqui na taverna. Eu não tenho como voltar agora para Cim, então vou ficar por aqui algumas semanas.

– Você já fez muito mais do que devia, Dorik – Kullat pôs a mão no ombro do *barman*.

– Você é um bom homem, meu amigo – complementou Thagir. – Ajudar sem esperar nada em troca é um dos dogmas mais fortes dos Senhores de Castelo. Se existissem mais pessoas como você, certamente os mundos seriam menos sofridos.

Então, o grupo começou a discutir o plano para prosseguir a jornada.

A noite caiu e todos foram, pela primeira vez, juntos à taverna para jantar e se despedir de Dorik com um bom vinho e uma farta refeição. Sentaram-se em uma mesa no canto oposto ao bar, com visão do salão inteiro, para poder vigiar o ambiente.

Além de ser famosa pelas refeições servidas durante o dia, a taverna Ferro Flamejante também era conhecida pelos *shows* performáticos apresentados à noite. Parecia que todos os funcionários, além das funções que exerciam normalmente no estabelecimento, também possuíam dotes artísticos.

Thária, do planeta de fogo de Kremat, fazia elaborados movimentos com garrafas e copos de vidro enquanto preparava os drinques. Naquela noite, o ponto alto do bar aconteceu quando ela preparou a Torre Flamejante. Tratava-se de quinze copos empilhados em forma de pirâmide, que eram preenchidos com uma bebida amarelada durante uma sensual dança.

O salão inteiro ficou em silêncio, acompanhando os movimentos sinuosos de seu belo corpo ao som dos três garçons músicos. Conforme o ritmo da música acelerava, a dança ganhava mais velocidade e força, até que, no derradeiro êxtase do frenético ritual, todos os funcionários jogaram bandejas de metal no chão. Com um movimento brusco de cabeça, a dançarina lançou um beijo de fogo sobre o copo no topo da pirâmide. O líquido se incendiou e crepitou, derrubando faíscas nos copos de baixo, fazendo com que também pegassem fogo. Em uma sequência de pequenas explosões, os quinze copos formaram uma grande pirâmide flamejante.

Os clientes aplaudiram o sensacional espetáculo daquela noite e, minutos depois, vários drinques flamejantes foram servidos nas mesas da taverna, todos preparados pela bela Thária.

Depois do espetáculo de chamas, as irmãs siamesas de Muan deixaram seu posto na cozinha para subir ao pequeno palco ao lado do bar. Cantaram canções animadas sobre guerreiros antigos e amores épicos, alegrando o coração dos presentes que degustavam suas refeições.

Dorik, Thagir e Laryssa jantaram legumes, pães, vinho e peixe assado. Já Kullat, que dizia ainda precisar recuperar as forças, além de cerveja e pão, comeu também três pedaços grandes de lombo de porco assado com mel e uma porção de grilos fritos em gordura de címalo, prato que, para os moradores de Pegeo, era considerado um remédio capaz de restabelecer os enfermos. Para o guerreiro de manto branco, mesmo que aquilo não fosse remédio, não importava, pois era um de seus pratos prediletos.

Já Azio, o gigante de metal, estava encoberto pelo manto marrom e, como não precisava comer para repor as energias, solicitou ao taberneiro apenas um litro de óleo vegetal cru, para que pudesse completar o sistema de lubrificação de suas peças internas. Mohause, o gordo dono da taverna, trouxe um odre de vinho contendo óleo, o que permitiu a Azio ingerir o líquido sem causar desconfiança nos outros clientes.

Todos finalizaram a refeição e, depois de um último brinde em homenagem a Dorik, furtivamente se recolheram, uma vez que teriam que acordar cedo no dia seguinte para comprar provisões, cavalos e uma carroça para a viagem até Dipra.

Com o raiar do dia, Thagir e Laryssa foram à feira em busca de grãos, peixe curtido, temperos e carne de cordeiro seca. Também tentariam achar pão de Hance, um alimento leve e nutritivo, feito com flor de Hance, cujas sementes concentram nutrientes em quantidade bastante para ficar em hibernação durante séculos e ainda germinar uma planta inteiramente saudável.

Azio e Kullat receberam uma opala negra e dois pequenos diamantes de Thagir e partiram para a ponta sudeste da cidade para adquirir quatro cavalos e uma carroça.

Dorik se informou com Mohause sobre onde poderia comprar vinho, tonéis de água, farinha torrada e vegetais em conserva. Munido das informações, de um pequeno rubi vermelho-sangue e duas diminutas safiras azuladas fornecidas por Thagir como material de negociação, Dorik se lembrou do tempo em que era guerreiro e dos espólios das batalhas, mas afastou os antigos pensamentos e partiu em direção à rua, onde poderia encomendar todos os produtos para complementar os mantimentos de seus amigos e garantir que eles tivessem recursos suficientes para a longa jornada que iniciariam no dia seguinte.

Thagir e Laryssa retornaram à taverna antes de o sol atingir o topo do céu. Dorik chegou logo em seguida e se dirigiu para o quarto, como fizeram os outros dois. Cerca de duas horas depois, Kullat empurrou bruscamente a porta do aposento e entrou com passos duros e secos, seguido pelo autômato encapuzado.

– O que é isso, Kullat? Perdeu mais uma aposta ou coisa assim? – brincou Thagir.

– Que nada! – o amigo retrucou, retirando o capuz espectral enquanto enchia um copo com água. – Simplesmente não encontramos nenhum cavalo forte à venda, só animais velhos ou doentes. Parece que não existe um único cavalo bom para ser negociado na cidade inteira!

– Como assim? – perguntou Dorik, intrigado.

Foi Azio quem respondeu:

– Todos os comerciantes de animais com quem falamos reclamaram dos Padawin. São homens e mulheres que se consideram donos da cidade, agem fora da lei, são violentos e temidos pelos cidadãos. Sua ferocidade e sua quantidade são tão grandes que nem mesmo a milícia de Pegeo consegue detê-los.

– Alguns vendedores disseram que tiveram que dar seus melhores animais de presente para o líder do bando, por isso não há bons cavalos para negociar – complementou Kullat.

– Acho que sei de quem vocês estão falando – disse Dorik. – Esse grupo de contraventores é comandado por um ex-capitão da milícia de Cim. Ele era um cidadão modelo, respeitador das leis e dos costumes. Enfim, era uma boa pessoa. Norwell era seu nome – ele se ajeitou na cadeira de palha. – Até que um dia ocorreu um roubo em um armazém de cereais. Cinco carroças cheias de mercadorias foram levadas. O então capitão Norwell foi chamado para tentar descobrir o que tinha acontecido, mas não conseguiu encontrar nem os ladrões nem a mercadoria.

Dorik bebeu um gole de vinho do odre, limpou a boca com as costas da mão e prosseguiu:

– A vida para certas pessoas é amarga e dura. Para esse homem, ela também foi injusta. Seu ajudante, que desejava ardentemente tomar o seu lugar como capitão da milícia, foi quem descobriu o autor do roubo. As mercadorias haviam sido encontradas no celeiro do irmão do capitão. Rapidamente, espalhou-se por toda a cidade o boato de que o comandante da milícia era cúmplice do roubo e que havia acobertado o crime. O ajudante, a mando do conselho da cidade, destituiu seu superior e partiu à caça do irmão de Norwell, que havia fugido antes de ser detido e, para piorar a situação, levou consigo a mulher do antigo capitão, que era sua amante. Traído, humilhado, sem um ofício e com as economias transformadas em noites de desespero nos bares de Cim, Norwell conheceu de perto o submundo. Começou a fumar cigarro de erva de Romba-Largo, conheceu marginais e estreou no crime roubando suprimentos para se alimentar. Rapidamente, ele se tornou o líder de uma gangue de pequenos assaltantes.

Azio se mexeu na cama onde estava sentado, fazendo com que a madeira velha rangesse alto. Dorik aproveitou o breve intervalo na história e tomou outro gole de vinho.

– Então, em uma noite fria, Norwell e mais dois garotos estavam bebendo em uma esquina quando uma carruagem surgiu em grande velocidade no alto da rua. Os cavalos assustados corriam velozmente, e não havia cocheiro. O veículo estava desgovernado. Pensando que alguém poderia estar em perigo, Norwell correu e se atirou sobre os cavalos. Depois de puxar os arreios e fazer os cavalos pararem, ele desceu e abriu a porta.

Dorik fez uma pausa dramática na narrativa. Todos estavam em silêncio e imóveis. Laryssa nem piscava.

– E então, o que tinha dentro da carruagem? – Kullat perguntou, curioso.

– Um grande... – Dorik abriu bem os braços, como se indicasse o tamanho de alguma coisa – ...vazio!

Expressões de desapontamento e dúvida puderam ser ouvidas.

– Isso mesmo, a carruagem estava vazia. Norwell entrou e se certificou de que não havia pessoa ou objeto algum lá, apenas um brasão dourado estampado na cortina vermelha de cetim, que indicava se tratar de uma propriedade da família de Fordwolk. Por infelicidade do destino, Norwell foi visto descendo da carruagem e um alarme de roubo foi emitido. Os cidadãos da região o cercaram e o prenderam. Mesmo sendo inocente, ele foi julgado como uma ameaça pública, por ter gerado problemas diplomáticos entre Cim e Fordwolk. O novo capitão da milícia convenceu os membros do conselho de que Norwell deveria ser expulso da cidade e que, se voltasse, seria preso e enviado para cumprir pena de trabalhos forçados nas minas de Prípios. Nem o depoimento do lorde Fordwolk afirmando que a culpa tinha sido de seu cocheiro, que assustou os cavalos e os fez fugir, livrou Norwell da expulsão. Ao pôr do sol do dia seguinte, acompanhado de dez dos integrantes de seu bando, Norwell deixou a cidade para nunca mais voltar. Daquele momento em diante, não existia mais o ex-capitão Norwell; em seu lugar, havia surgido um homem endurecido e amargurado pela vida. Seu nome, dali para frente, seria Bifax.

Percebendo que o interesse de sua plateia não diminuía, Dorik estufou o peito e continuou:

– Como eu o conhecia das noites de sofrimento pelos bares de Cim e o vi perambulando pelas ruas de Pegeo, perguntei a Mohause sobre a história dele aqui na cidade. Ele me contou que Bifax chegou há cerca de dois anos e, de lá para cá, reuniu um grande bando de ladrões, arruaceiros, pessoas violentas e despudoradas que fazem tudo que ele manda e aterrorizam a população. Chamados de Padawin, o bando se veste apenas com roupas de couro preto, usa muitos adereços metálicos, possui uma marca de aranha na mão esquerda, produzida com ferro quente, e todos, sem exceção, são proibidos de utilizar armas de fogo. Dizem que é porque Bifax adora adagas e bastões de combate, que podem causar mais dor e destruição do que balas e são formas mais eficazes de espalhar o terror e o medo pela cidade. Eles cobram dos comerciantes uma taxa em troca de proteção, o que, na verdade, garante que não sejam perturbados pelos próprios Padawin por um tempo. Mas existem pessoas que gostam deles, alegando que Bifax e sua gangue extorquem tanto porque distribuem na periferia pobre da cidade tudo que conseguem. Mohause diz que não acredita nisso.

Um ronco alto ecoou do estômago de Dorik, fazendo todos rirem. Até mesmo Azio parecia ter se divertido com o barulho, pois seus olhos assumiram um tom verde-claro, e um ruído semelhante a uma leve gargalhada foi emitido pelo autômato.

– Bem – disse Kullat, enquanto se levantava da cadeira –, parece que não sou o único com fome aqui. Vamos almoçar e deixar os problemas de lado por enquanto.

Todos riram e concordaram em ir almoçar.

Desafio de Honra

O almoço era um verdadeiro banquete, com cerveja escura para os homens, vinho branco para Laryssa, água filtrada para Azio preencher seu reservatório de resfriamento, filés de enguia de água doce com legumes e ervas, arroz com queijo, pequenos peixes fritos inteiros, torta de ovos com carne seca, um pequeno caldeirão com caldo de feijão branco, para ser tomado em pequenos potes de barro, e, de sobremesa, grandes pedaços de bolo cobertos com geleia de frutas amarelas.

Durante a refeição, Dorik desviou o olhar para uma mulher sentada próximo à janela. Tinha belos cabelos levemente ondulados, castanhos-claros com mechas amareladas, e olhos também claros, que pareciam demonstrar uma pureza natural. Estava sentada como se não houvesse alegria ou satisfação na vida, indiferente aos demais, que iam e vinham dentro do bar. Sua fisionomia estava carregada de tristeza e, para Dorik, havia um vazio naquela mulher.

De súbito, um homem alto, de casaco cinza, se postou diante dela. Ao ver o estranho, os olhos da mulher brilharam como se o fogo da vida retornasse à sua alma, e rapidamente ela levantou e o abraçou. Dorik presenciou em silêncio o abraço, que pareceu durar uma eternidade. A mulher passou os braços no pescoço do homem e o apertou contra si, com os olhos fechados e um sorriso. Ele correspondeu, entrelaçando os braços na cintura dela.

Embora estivesse emocionado, Dorik sentia um incômodo pairando no ar. Da alegria de ambos emanava uma contraditória tristeza. Ele não soube identificar a razão.

Kullat também havia presenciado o abraço e olhou para Dorik com empatia.

– Às vezes – ele disse, com brilho nos olhos – um sentimento é algo inexplicável, que deve ser vivido e não sufocado.

Dorik concordou e olhou novamente para o casal, que se dirigia para a saída. Kullat também os acompanhou com os olhos, que ainda brilhavam, fato que não passou despercebido por Laryssa. Sentada ao lado de Azio, ela ouvira a conversa dos dois. Em seu íntimo, começara a admirar Kullat, o Senhor de Castelo de Oririn. Pediu-lhe então que retirasse o capuz, pois não conseguia ver direito seu rosto sob a densa sombra que o cobria. Kullat sorriu.

– Perdoe-me, princesa – disse ao descobrir a cabeça.

Thagir riu. Não era a primeira vez que ela pedia aquilo para Kullat. Continuaram almoçando em silêncio, quando dois homens vestidos de couro negro chegaram e iniciaram uma conversa grosseira com Mohause. Gesticulavam de maneira ameaçadora e apontavam para os clientes, como se quisessem impor seu ponto de vista.

O taberneiro estava pálido e frequentemente fazia um sinal negativo com a cabeça. A conversa durou alguns minutos. Então outro homem, alto e de cabelos ruivos, entrou no local e se dirigiu com lentas passadas a Mohause. Na mão esquerda, segurava um grande bastão de combate, e uma marca de queimadura semelhante a uma aranha era bem visível.

– Vim receber o que é meu, Moll!

Dorik levantou os olhos com surpresa ao ouvir o estranho chamar Mohause pelo apelido. Era a voz do ex-capitão Norwell, agora conhecido como Bifax.

– Mas primeiro – continuou o ruivo – eu e meus homens queremos comida. Aquela mesa me parece perfeita para uma refeição! – disse, apontando com o bastão negro para a mesa ao lado da do grupo de Kullat e Thagir.

Sem esperar resposta do já pálido Mohause, Bifax caminhou com seus homens até a mesa escolhida, onde duas moças e um rapaz, todos de olhos puxados, almoçavam tranquilamente. Com um gesto brusco e rápido, empurrou o rapaz, fazendo-o cair da cadeira. As moças, assustadas, ficaram paralisadas. Os dois comparsas se sentaram um de cada lado delas. O rapaz se levantou, pediu desculpas para seu agressor e se refugiou em um banco no bar.

– Moll, traga-me uma cerveja e um prato de carne assada, porque preciso de energia para hoje à noite – Bifax olhou para as moças e sorriu maliciosamente. – Não é mesmo, minhas lindezas?

Elas tremiam de pavor. O rosto de Laryssa estava em chamas, seu ódio era evidente. Quando Bifax pegou à força a mão de uma delas, a princesa, sem resistir a seus impulsos, levantou-se e olhou furiosamente para ele.

Um gesto discreto e um olhar reprovador de Thagir fizeram com que Laryssa ficasse parada. Ela sabia que não podiam chamar atenção e que Pegeo poderia ser muito perigosa. Eles ainda não estavam preparados para a viagem e precisavam permanecer no anonimato.

Bifax apontou o bastão negro para a cabeça de Laryssa e, sem se levantar, exclamou:

– Não se meta! Ou vai acabar se machucando.

Laryssa baixou a cabeça e voltou a se sentar sem dizer uma palavra. Suas mãos tremiam de raiva por não poder fazer nada para ajudar aquelas mulheres.

– Ei, chefe! – falou um dos companheiros de Bifax. – Nós estamos em três e aqui só temos duas gracinhas. Vamos precisar de mais uma. Que tal essa metida aí entrar para a nossa festa?

Os olhos do comandante do bando percorreram o belo corpo de Laryssa, avaliando suas formas e curvas, com atenção especial no elegante busto.

– Grande ideia! Vamos convidá-la para se juntar a nós – ele respondeu alegremente.

Azio, que até o momento permanecera de costas para a mesa deles, fez menção de se levantar. Kullat estava bem à sua frente e percebeu que o interior de seu capuz começou a ficar iluminado por dois pontos vermelhos. Thagir também notou que Azio estava prestes a tomar uma atitude para defender a princesa. Deu um longo e ruidoso suspiro, levantou-se e afastou a cadeira para trás.

– Senhor – disse, com um leve cumprimento –, perdoe-nos, mas já estávamos de saída e não desejamos importuná-los. Com a sua licença, vamos nos retirar.

Sem esperar resposta, Kullat também se levantou e fez sinal para que Azio, Dorik e Laryssa os seguissem.

– Ótimo! Podem ir. Mas a garota fica! – retrucou Bifax, levantando da mesa e andando até onde eles estavam.

– Desculpe-me a insistência – disse Thagir, ainda de cabeça baixa e sem demonstrar nenhuma emoção –, mas nós realmente não queremos confusão e precisamos sair.

– Eu já disse e não vou repetir. Vocês, covardes, podem ir. A mulher fica – o bandido sorriu, mostrando os dentes negros e sujos.

– Acho que não – a resposta veio de Azio, que ainda estava de costas, com o capuz a lhe cobrir a cabeça. Nem parecia um autômato. Como um raio, o bastão de combate de Bifax passou a milímetros da mão do ser metálico e bateu forte na mesa, levantando pratos e quebrando copos.

Todos permaneceram imóveis. O líder do bando então se endireitou, fez sinal para que as moças de sua mesa o seguissem e se dirigiu ao bar. De costas, enquanto andava, falou:

– Pays! Eses! Mostrem a esses insolentes como os Padawin tratam o desrespeito!

Os capangas gargalharam e pegaram seus bastões. Thagir e Kullat, como sempre, apenas se entreolharam em concordância. O primeiro golpe, porém, veio de Azio, que com rapidez pegou Eses pelo braço. Surpreso com o ataque, o capanga não conseguiu se defender a tempo, e o autômato socou sua barriga com força, fazendo-o voar sobre uma cadeira. Bifax se virou e olhou perplexo para o ser, que agora deixava à mostra o peito dourado através do manto aberto. Dorik empurrou a mesa contra Pays. O capanga se esquivou rapidamente e revidou o ataque com um golpe de bastão. O *barman* urrou de dor quando seu braço quebrou. Kullat pulou por cima da mesa e, com os punhos flamejantes, acertou a boca de Pays, fazendo-o rodopiar e espalhando sangue e dentes. Thagir ficou de frente para Bifax, girando seus bastões com maestria. Na confusão, Mohause pegou de debaixo do balcão uma espingarda prateada com dois grossos canos.

– Parem ou eu atiro! – gritou com a voz engasgada.

Todos se detiveram com a ameaça. Pays limpava o sangue da boca com um sorriso, e Eses ainda sentia dores no abdômen. Ao ver a espingarda, os olhos de Bifax se encheram de ódio. O ruivo baixou o bastão. Mohause transpirava e ofegava, com a arma apontada para o ex-capitão.

Então se ouviu um estalo. A espingarda foi arrancada de sua mão com grande rapidez e violência. Com o chicote que estava escondido em suas roupas negras, Bifax tomou a arma do dono da taverna, sem que Mohause sequer percebesse seus movimentos.

– Moll, seu estúpido! – disse Bifax com raiva no olhar. – Você sabe que armas de fogo são para covardes. Por que não honra suas botas e aprende a lutar como homem? – terminou de falar e, com um movimento brusco, quebrou a espingarda com uma joelhada. – Pays! Eses! Acabem com os forasteiros e depois destruam este lugar, como um exemplo para esta cidade de covardes e desonrados.

Os capangas se voltaram para a mesa dos estranhos e se assustaram ao ver que eles estavam prontos para uma nova batalha. Laryssa e Azio se mantinham em posição de combate, da mesma forma que

Thagir e Kullat. Dorik estava encolhido no canto oposto do restaurante, com o braço quebrado.

Pays atacou Kullat com raiva, golpeando com seu bastão freneticamente. Kullat apenas esperou e, quando o bastão desceu em direção ao seu rosto, o segurou firmemente com a mão enfaixada e coberta de fogo mágico cor de pérola. Um momento depois, o bastão estava quebrado no chão e seu dono havia sido lançado no ar, caindo próximo à porta de saída. Azio e Laryssa não tiveram problemas em derrotar Eses. Percebendo que a luta não seria como ele esperava, Bifax agarrou uma das mulheres e a usou como escudo. Thagir parou, pois não arriscaria a vida da pobre moça que tinha um bastão a lhe apertar o pescoço.

– Largue-a, seu covarde! – gritou. – Como você tem coragem de falar em honra?

Bifax soltou imediatamente a mulher e, apontando o bastão para Thagir, o desafiou:

– Vamos terminar isso lá fora, estranho! Eu desafio você com meu bastão. Não quero ter minha reputação manchada por forasteiros idiotas – e, com um movimento brusco, virou-se e correu para fora da taverna.

Assim que Bifax desapareceu pela porta, Kullat e Laryssa foram acudir Dorik, cujo braço tinha uma fratura exposta. A princesa pediu a Azio que fizesse uma tala e enfaixasse o braço do *barman*.

– Você ficará bem, Dorik – disse Kullat, ajudando-o delicadamente a se levantar do chão e a se sentar.

Um grito vindo da rua chamou a atenção de todos. Era Bifax novamente, chamando Thagir e seus colegas para a rua. Kullat olhou pela janela e viu que havia mais seis homens com ele, todos empunhando bastões e facas.

– Parece que você o ofendeu, com tantos "nos desculpe" e "com licença" – Kullat disse rindo ao amigo. – Agora ele chamou uns amiguinhos e quer que a gente saia para brincar. E olhe que nós não queríamos chamar atenção – completou, ainda olhando para fora.

– Meu bom amigo – disse Thagir, colocando a mão no ombro de Kullat –, às vezes temos que aceitar o que o destino nos oferece e fazer o que deve ser feito! E também temos que seguir as regras do Livro dos Dias.*

– Sim. O Livro dos Dias! – Kullat respondeu e complementou de forma séria:

– Temos a obrigação de ajudar este povo a se livrar desta praga. Que assim seja. "Iqueróm wa puma"** – disse, olhando pela janela.

– "Wa puma"!*** – respondeu o pistoleiro. – Vamos terminar isso. Mas lembrem-se todos, sem armas de fogo. Isso inclui você, Azio. Se vencermos, que seja pelas regras deles!

Thagir dirigiu-se à saída. Kullat, Laryssa e Azio o seguiram em silêncio.

---

* Livro de regras, dogmas e registros diários. Nele estão descritos os Treze Dias, que são as treze principais regras que regem a Ordem dos Senhores de Castelo.

** "Agir para manter a paz." Frase dita pelos Senhores de Castelo quando vão entrar em uma batalha pela paz. É pronunciada no dialeto original de Monjor V, um dos mais importantes Senhores de Castelo da primeira geração, herói que sumiu no fim da Guerra dos Espectros.

*** "Pela paz."

Salvação

Os quatro passaram pela grande porta principal e caminharam juntos até o meio da rua. Bifax, que estava sentado sobre uma carroça de frutas, fez um sinal com a mão, que segurava uma maçã mordida, e seus homens formaram um círculo ao redor dos inimigos.

– Agora, forasteiros – disse com a boca cheia e os olhos fixos em Thagir –, vocês aprenderão a respeitar os Padawin.

Fez outro sinal com a mão e a orla humana iniciou o ataque. Os homens lutavam com estratégias militares, de forma organizada e inteligente, em ataques duplos ou triplos.

Azio golpeava com as mãos douradas, levantando os inimigos no ar, tamanha era sua força. Os bastões não o incomodavam, mas deixavam marcas na pele reluzente e rasgavam sua roupa. Laryssa se esquivava com rapidez, atacando com chutes e golpes rasteiros.

Durante a batalha, seus olhos encontraram Kullat. O Senhor de Castelo estava sem capuz e lutava com os punhos brilhantes. Rodeado por vários inimigos, parecia uma gota branca em um mar negro. Ele emanava um sentimento ambíguo, um misto de austera concentração e despreocupado abandono. Seus golpes eram fortes e suas mãos reluziam intensamente, em contraste com o negro opaco dos bastões à sua volta.

Thagir girava seus bastões e acertava os inimigos com grande precisão. Pouco a pouco, Bifax percebeu que seus comparsas estavam perdendo terreno para o homem de casaca verde e seus amigos. Depois de alguns momentos, havia apenas quatro soldados em pé.

O líder do bando levantou, sacou um pequeno chifre que estava preso em sua cintura e o soprou com força. Apesar de o instrumento ser pequeno, o som produzido era potente. Por alguns instantes, todos na praça, lutadores e cidadãos que assistiam a tudo, ficaram imóveis. Do alto da carroça, Bifax soprou o chifre mais uma vez, fazendo tremer as pedras no chão.

– Agora vocês conhecerão a verdadeira força dos Padawin – apontou para seus guerreiros e disse com voz inflamada:

– Vocês quatro, pelo chifre de Lirch, ATAQUEM!

Kullat pegou Laryssa pela cintura e, como um casal a dançar, rodopiaram e derrubaram os dois primeiros com um golpe certeiro das botas da princesa. Azio cuidou dos demais com socos que os jogaram ao chão violentamente. Só havia o homem sobre a carroça agora.

Com uma gargalhada que parecia não ter fim, Bifax se sentou novamente. Pegou outra maçã, deu uma mordida e ficou quieto.

Um barulho de metal batendo contra metal fez Thagir olhar para trás. No chão, ao lado de Azio, uma faca estava caída. De cima do telhado da taverna, um vulto negro fez um movimento amplo com o braço e outra faca foi atirada contra o autômato, que, sem se mexer, foi atingido, mas não sofreu nenhuma avaria. Outros vultos começaram a surgir nos telhados. Das cinco ruas que desembocavam na praça na frente da taverna, começaram a aparecer figuras de preto.

– Emboscada! – gritou Kullat. – Protejam-se!

Dezenas de facas e adagas foram lançadas contra os Senhores de Castelo e seus amigos. Laryssa e Kullat se protegeram embaixo de uma banca de verduras. Azio não se mexeu e recebeu vários golpes, mas nenhum conseguiu penetrar sua grossa casca dourada. Surgiam apenas pequenas marcas, que logo desapareciam.

Thagir ficou de costas para o autômato, pois estava muito longe de qualquer abrigo. Com a retaguarda protegida e com os movimentos rápidos e precisos de seus bastões, nenhuma das lâminas o atingiu.

Bifax fez um sinal, rapidamente obedecido por seus comparsas. A praça começou a ser cercada pelos Padawin. Os que estavam sobre os telhados desciam para se juntar aos demais.

– Fique aqui – Kullat disse para Laryssa. – Você é a única que deve permanecer em segurança. Assim que possível, volte para a taverna e vá para o quarto com Dorik.

Ela concordou com um leve aceno de cabeça. Momentos depois, ele se juntou a Azio e Thagir, que demonstrava raiva pela primeira vez desde que o combate havia iniciado:

– Aquele filho de um gorlak manco só quis ganhar tempo! Sozinho ele não é nada!

– Calma, amigo. Praguejar não faz bem à saúde – Kullat deu um leve sorriso.

– Ao todo são quinze caídos e oitenta e nove Padawin de pé. Noventa, se contarmos Bifax – analisou Azio.

Sobre a carroça, o líder dos inimigos gargalhava, cortando o silêncio que reinava na praça.

– Vejam, seus tolos! Esta é a força dos Padawin, invocada pelo chifre de Lirch – e, dizendo isso, abriu os braços, demonstrando que a praça estava repleta de homens e mulheres de negro.

Nos cantos, atrás das barracas, nas janelas e esquinas, a população da cidade assistia quieta e assustada, esperando pelo massacre. Ninguém nunca havia enfrentado todos os Padawin juntos. Nem mesmo a milícia da cidade conseguia vencer aquele pequeno exército.

Os telhados agora começavam a ser tomados pelos espectadores, principalmente crianças. Kullat notou que a maioria usava roupas esfarrapadas e sujas. Pareciam moradores de rua ou pequenos delinquentes da região. Diante da arena que se formara e do público de cidadãos de Pegeo, Bifax gritou:

– Quem manda na cidade são os Padawin, e quem manda neles sou eu, Bifax! EU sou o dono desta cidade. Submetam-se ao meu comando e poderão ficar vivos!

Thagir olhou para Kullat e para Azio. A diferença numérica era impressionante – eram trinta Padawin para cada um deles. Um acordo não verbal foi estabelecido entre os três. Ele então se voltou para Bifax, baixou os bastões de combate e dobrou um dos joelhos até o chão.

Bifax sorriu com aquele gesto de rendição. Thagir largou as armas, baixou a cabeça e calmamente amarrou sua bota.

– Nós gostaríamos de dançar – disse, após pegar as armas do chão e se levantar novamente. – Será que você pode nos conceder algumas parceiras, ou teremos que ir buscar as damas?

Dizendo isso, fez um movimento circular com os braços, iniciando acima da cabeça e terminando na linha da cintura. Com os bastões virados para os lados, pressionou o cabo das duas armas ao mesmo tempo contra o corpo, apertando minúsculos botões que liberaram, na ponta de cada bastão, uma afiada lâmina de espada, com cerca de dois palmos.

– Você tem seus truques, mestre Thagir – disse Azio, tirando as luvas, as botas e o manto –, mas eu também tenho os meus.

O autômato começou a emitir um bipe repetido enquanto, vindos de seu interior, se ouviam ruídos de metal e correntes. Alguns Padawin recuaram. O corpo dourado foi mudando de forma e crescendo. Uma fenda surgiu em um de seus braços, de onde saiu uma arma de raios. A outra mão se dobrou para trás, abrindo um buraco no pulso, de onde saíam as balas. Ele entrou em módulo de combate.

– Latinha, não vamos usar balas ou raios que possam matar estes coitados – disse Kullat. – Vamos apenas incapacitá-los, está bem?

Azio concordou. A mão voltou ao lugar e a arma de raios foi recolhida. Em ambos os pulsos, surgiram forquilhas que brilhavam e soltavam faíscas.

– Estes aparelhos vão fazê-los sentir dor, mas não vão feri-los gravemente.

Kullat tomou posição de combate, juntou as mãos na frente do corpo e intensificou a energia delas. As pontas das faixas que as envolviam pareciam flutuar em uma bola azul de energia.

– A donzela vai querer um convite especial para o baile? Aqui está! – gritou.

Sem esperar resposta, ele fechou as mãos flamejantes. Uma bola de energia viajou de seus punhos em direção a um grupo de Padawin. O choque gerou um grande clarão, seguido de um estampido seco e muitos gemidos. Sete homens e quatro mulheres de preto se contorciam de dor no chão, por causa da energia que lhes percorria o corpo. Um cheiro de queimado tomou conta do ar.

– Ataquem! – bradou Bifax. – Acabem com eles! Acabem com TODOS eles!

Os três amigos formaram um círculo, um de costas para o outro. Azio, com os braços eletrificados e o porte aumentado, derrubava de dois a três combatentes a cada pancada potente que desferia. Um golpe de um homem de mais de dois metros que lutava com um grande martelo de metal conseguiu desestabilizá-lo, mas um soco de energia desferido por Kullat na virilha do gigante o fez sair de combate.

Uma seta lançada por uma besta feriu de raspão a perna de Thagir. Com raiva, ele abandonou a formação, pulando o corpo de uma mulher desmaiada, desviou de um golpe de machado e quebrou os joelhos do atacante. Kullat desferia golpes que emanavam ondas de choque ao atingir o inimigo, fazendo estremecer músculos e danificar ossos. Uma mulher de cabelos roxos tentou acertá-lo com uma fina espada curva. Ele se desviou e, com um golpe ligeiro, torceu o pulso dela. Com uma cotovelada no queixo, a deixou desmaiada e prosseguiu a luta com dois homens, um de pele escura e outro de pele amarelada.

– Kullat! Laryssa está em perigo! – Azio falou com modulação preocupada na voz.

Kullat viu que ela estava lutando com dois homens armados com barras de ferro e uma mulher que segurava em cada mão uma espécie de tridente. Laryssa contava apenas com uma vassoura, que pegara na banca de verduras.

Com um movimento circular, ele emitiu uma onda de energia que derrubou três inimigos à sua volta, ao mesmo tempo em que desequilibrou Azio. Alçou voo e, com uma curva brusca, atirou-se contra os atacantes da princesa. O choque foi incrível – os dois punhos atingiram os homens nos ombros, fazendo-os rodopiar e cair inconscientes no chão, por causa da dor intensa dos ossos violentamente deslocados. Kullat aterrissou com um rolamento triplo no chão e, no fim da última cambalhota, acertou o estômago de outro Padawin, fazendo faíscas serpentearem no ar.

Laryssa aproveitou o momento de distração e atingiu a mulher dos tridentes com o cabo da vassoura. O sangue jorrou da orelha arrebentada, e o corpo emitiu um baque surdo quando caiu na poeira da estrada.

– Eu pedi para você ir até a taverna – Kullat falou, em um breve intervalo na ação.

– Eu sou uma guerreira, Kullat – Laryssa respondeu, após derrubar um homem gordo com uma estocada do cabo de vassoura no peito gorduroso. – Além disso, um deles tinha um arco e ia atirar uma flecha em suas costas. Já perdi muita coisa na vida, não posso perder você também.

Surpreso com a repentina demonstração de afeto, ele se distraiu, o que lhe custou um corte no braço e um galo na cabeça, ferimentos retribuídos em escala muito maior.

Um jovem moreno e careca, um dos primeiros a cair, se levantou e, de debaixo da jaqueta negra, sacou um revólver de dois canos longos. Ajoelhou-se para ganhar estabilidade e mirou a cabeça de Thagir, que estava a cerca de vinte passos, lutando com dois espadachins de pele vermelha.

Azio estava próximo e viu que o amigo seria atingido, mas, antes de conseguir avisá-lo, foi desequilibrado por uma carroça empurrada por seis Padawin.

A mira estava perfeita, o tiro duplo atingiria o alvo e explodiria a cabeça de Thagir. O gatilho começou a ser pressionado, e ouviu-se um estalo seco, seguido do som da pólvora sendo acionada.

Thagir se virou rapidamente; aquele som era seu velho conhecido. Havia sangue em suas mãos, mas não era seu. Ele viu um rapaz segurando um revólver fumegante apontado para cima. No pulso, estava presa a ponta de um chicote, e na outra extremidade Bifax puxava a mão do rapaz. Um movimento brusco retesou o couro curtido do chicote e deslocou o braço do atirador, que caiu gritando de dor.

– Tenha honra e lute como homem, seu idiota! – exclamou Bifax. – Você sabe que os Padawin não usam armas de fogo!

Thagir até então só tinha escutado e visto coisas ruins sobre aquele homem. Mas, naquele breve momento, sentiu que ainda existia decência e honra na alma brutalizada do líder dos Padawin.

Um rapaz magrelo o atacou. A pancada do bastão atrás das pernas do Senhor de Castelo o fez cair de joelhos no exato momento em que a arma do espadachim remanescente voava em direção ao seu pescoço. O golpe de bastão salvou sua vida. Thagir se recuperou com um salto. O dono do bastão acabou caído no chão com dois cortes, um na perna e outro no braço. O espadachim, depois de levar uma rasteira elaborada e um golpe que atingiu seu maxilar, também caiu desmaiado, ao lado do outro guerreiro de pele vermelha, que já estava inconsciente.

A batalha prosseguiu por mais alguns minutos. Cinco Padawin que ainda estavam de pé ficaram frente a frente com os três guerreiros e com Laryssa, que os acompanhava na luta desde que havia saído de sob a banca de verduras para salvar seu companheiro de jornada.

– Amigos, cinco contra quatro não é justo – disse Kullat com um sorriso. – Vamos fazer o seguinte: vocês cinco contra meu amigo dourado aqui. O que acham?

Os Padawin se entreolharam, largaram as armas e correram na direção contrária. A praça inteira começou a rir e a aplaudir alegremente. Vivas e gritos de vitória vinham de todas as partes. Azio começou a fazer reverências em agradecimento, como se um espetáculo estivesse chegando ao fim. Os outros três integrantes do quarteto de combatentes explodiram em gargalhadas com a cena.

Kullat, Thagir e Laryssa arfavam e tinham ferimentos leves. Um grande rasgo na casaca verde de Thagir estava terminando de se fechar.

– Não há mais moças para ameaçar! – ele falou, limpando o sangue de um machucado na boca. – Somos apenas você e eu! – finalizou, apontando o bastão para Bifax.

– Não importa sua habilidade, você ainda não é páreo para mim – o vilão retrucou, mostrando os dentes negros em um acesso de raiva.

Os dois homens se encararam por alguns instantes. Kullat disse a Azio e a Laryssa que, não importava o resultado da luta, não deveriam intervir. Sabia que o amigo queria que fosse assim, pois, como mandava a tradição de Newho, quando um guerreiro era desafiado por uma arma, cabia somente a ele provar seu valor diante dela.

Thagir recolheu as lâminas de seus bastões. Bifax deu um salto mortal magnífico e começou o ataque. O Senhor de Castelo defendeu o violento golpe e contra-atacou. Iniciou-se então um combate entre os dois. Sozinhos, armados apenas com bastões. Em meio a homens e mulheres caídos, eles se encaravam e lutavam com seriedade. Os movimentos de ataque e defesa eram executados com perícia por ambos. Uma luta vigorosa e ao mesmo tempo tática, com movimentos ora suaves, ora brutais.

A maestria dos golpes e contragolpes tornava o embate um espetáculo à parte, como uma coreografia, em que os homens pareciam bailar com suas armas, defendendo e atacando com rapidez e precisão.

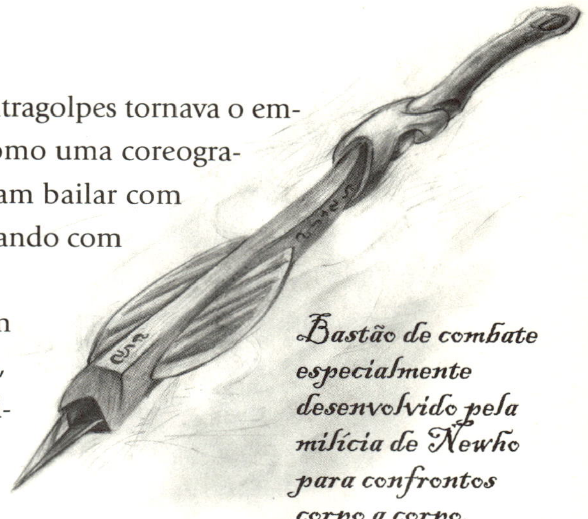

Os ataques de Thagir visavam os ombros e os braços de Bifax, com giros de corpo e golpes rápidos e certeiros. Já este procurava acertar a cabeça e o peito do oponente, com mais força e pressão contra os bastões de Thagir. Raramente ficavam longe um do outro.

Bastão de combate especialmente desenvolvido pela milícia de Newho para confrontos corpo a corpo.

Bifax tentou utilizar o chicote, mas Thagir o acertou com um chute no braço, forçando-o a largar a arma. Amaldiçoando o forasteiro, o líder dos Padawin não teve outra escolha senão se concentrar novamente nos bastões de guerra.

A luta já durava quase dez minutos. Gotas de suor brotavam na fronte de Thagir, seu rosto estava vermelho e seus bastões mostravam sinais de desgaste. Bifax também já demonstrava cansaço. Seus golpes estavam mais lentos e mais fracos.

Aproveitando-se disso, Thagir esperou o ex-capitão levantar o braço esquerdo para golpear. Assim que Bifax fez isso, o Senhor de Castelo largou um dos bastões e segurou o braço do inimigo, esticando-o para cima. Então, acertou um golpe violento no flanco esquerdo de Bifax. O impacto o fez cuspir sangue. Rapidamente Thagir acertou as pernas do inimigo, que caiu de joelhos na terra marrom. Ele finalmente tinha se dado por vencido.

Kullat deu um pulo de alegria pela vitória do amigo e o cumprimentou com um grande abraço. Laryssa e Azio também foram saudar o vencedor. A tensão da população que assistia se transformou em um festival de palmas e gritos de vitória.

Poucos instantes depois, o som de trombetas e tambores foi ouvido. Conforme o rufar ficava mais próximo, a tensão aumentava. De uma das esquinas, surgiram duas fileiras de guardas da milícia de Pegeo e seis carroças com jaulas arrastadas por dois fortes címalos cada uma. No total, eram quinze soldados.

Um jovem com um penacho branco no capacete, que liderava o pelotão, adiantou-se e, dirigindo-se ao grupo, informou:

– Sou Iáve, capitão da milícia de Pegeo. Soubemos o que estava acontecendo e viemos ajudá-los. Mas pelo visto não foi necessário!

Apontando para as pessoas que estavam ao redor da praça, continuou, mais alto:

– Em nome de todos os cidadãos de bem desta cidade, agradeço por terem acabado com esta gangue de malfeitores!

Dizendo isso, fez uma reverência lenta e formal, prontamente copiada pelos demais soldados. O gesto pareceu contagiar também o povo da cidade, pois apenas os quatro guerreiros permaneceram eretos. Todos os outros presentes reverenciavam os salvadores da cidade.

Todos, exceto um. Uma das crianças esfarrapadas que haviam assistido a tudo de cima do telhado agora corria na direção deles. O capitão se espantou e retornou à posição normal. O sorriso de alegria de Laryssa se desfez quando o garoto de uns 10 anos passou correndo por ela e, depois de escorregar na poeira da rua, se deitou ao lado de Bifax com lágrimas nos olhos.

– Padrinho! Como pôde fazer isso com a gente? O que será de nós agora? Quem vai nos alimentar?

– Não se preocupe, meu querido. Não faltarão almas caridosas para cuidar de vocês – disse Laryssa, comovida.

Outro bando de crianças de roupas rotas e maltrapilhas se juntou aos dois, diante dos olhares incrédulos de todos.

– O que acontecerá com os Padawin agora? – Thagir perguntou.

– Serão levados para a torre sombria no Cânion dos Condenados. Julgados, deverão ficar lá por muito tempo – explicou o chefe da milícia, retorcendo as pontas curvadas do bigode espesso.

– Capitão! – uma expressão de dor percorria o rosto de Bifax enquanto falava. – Prometa que vocês cuidarão destas crianças e das pessoas que vivem na região mais pobre desta cidade de infelizes. Eles são marginalizados por estes cínicos "cidadãos de bem" e não têm esperança no futuro. Apenas prometa isso e irei pacificamente com vocês.

O capitão da guarda ficou em silêncio, sem saber o que fazer.

– Norwell – Kullat chamou, olhando para Bifax, que permanecia ajoelhado.

Quando ouviu seu verdadeiro nome, Bifax pareceu ter deixado de lado um pouco da arrogância que havia dentro de si. Um novo semblante, triste, mas austero, surgiu. Ele e todos na praça permaneceram em silêncio, enquanto o homem de branco continuou, com a voz potente, para que todos pudessem ouvir:

– Eu, Kullat, Senhor de Castelo de Oririn, e Thagir – apontou para o amigo –, Senhor de Castelo de Newho, garantimos que estas pessoas que nos veem agora, com a supervisão do capitão da guarda, cuidarão destas crianças e trabalharão arduamente para melhorar a vida dos cidadãos menos favorecidos desta cidade.

Um burburinho geral de aceitação surgiu ao redor.

– Você é um lutador honrado, Norwell – continuou Thagir. – A vida não foi justa com você. Muitos obstáculos foram colocados em seu caminho até este momento de reflexão. Salve sua alma. Cumpra sua pena, retorne de cabeça erguida para esta cidade e volte a ser uma pessoa de bem.

Um sorriso cínico pôde ser visto no rosto do homem ajoelhado, cercado de crianças.

– Uma pessoa de bem? Isso eu nunca mais serei. Lembrem-se de que cada homem, mulher e criança que menospreza estes desafortunados também possui uma parcela de culpa. Porque a omissão é a pior das violências – Bifax elevou a voz e olhou ao redor, como se tentasse fixar na memória o rosto de cada uma das pessoas ali presentes. – Eu voltarei e, se a promessa não for cumprida, farei todos vocês pagarem por isso!

Ele esticou os punhos para Iáve, um gesto que significava que não resistiria nem causaria mais problemas, pelo menos por enquanto.

– Meus filhos – disse, olhando para as crianças –, eu voltarei. Até lá, cuidem-se!

– Norwell – falou solenemente o capitão. – Cumpriremos nossa parte e ajudaremos os mais necessitados. Juro que essas palavras serão lembradas e cumpridas – e, erguendo a voz para a multidão, perguntou:

– E então, meus amigos e cidadãos, estamos juntos?

Um sim retumbante, seguido de uma salva de palmas e assovios de alegria, encheu o coração de todos de paz e da certeza de que tempos melhores haviam chegado, graças aos quatro estranhos no centro da praça. Bifax, ou melhor, Norwell, sentiu uma ponta de esperança ao ver a reação do público, mas nada disse, apenas caminhou para a jaula em silêncio.

Exaustos, os companheiros voltaram para o quarto na taverna. Dorik estava com o braço imobilizado por talas e faixas. Lavaram-se rapidamente, deitaram e dormiram pesado. Até mesmo Azio se deitou e entrou em modo de manutenção, o que fazia parecer que também estava dormindo.

A procura por Margaly, a Anciã

Em poucas horas, a notícia da prisão de Bifax espalhou-se pela cidade. Thagir e seus amigos eram tratados como heróis. Em troca do grande serviço prestado, os comerciantes e a milícia lhes arranjaram um grande barco à vela e doaram provisões, para que pudessem seguir viagem para Dipra.

Uma casa de apoio aos necessitados foi criada. Com a colaboração de cidadãos e voluntários, cuidariam das crianças sem família. Rapidamente uma campanha mobilizou a cidade toda para auxiliar os menos afortunados.

Na noite seguinte, durante o jantar de despedida dos heróis, cada um deles ganhou um broche de metal com um lindo peixe em relevo. De manhã, tudo já estava arrumado e pronto para a jornada até Dipra. Mohause virou uma celebridade, pois era considerado amigo íntimo dos salvadores. Em reconhecimento ao auxílio, Thagir o presenteou com uma pedra azulada de grande valor.

– Dorik! – exclamou Thagir, com a voz embargada de emoção. – Sua ajuda foi inestimável. Espero vê-lo de novo, meu amigo.

– E eu desejo que consiga ter um bar novamente – falou Kullat, dando um forte abraço em Dorik.

– Depois que me hospedei na taverna Ferro Flamejante – o *barman* respondeu –, estou pensando em montar uma também!

– Pegue – falou Thagir, estendendo a mão com duas lindas e enormes esmeraldas que refletiam a luz do sol. – Para ajudá-lo. Você merece.

– Não posso aceitar – disse Dorik, espantado. – Só fiz o que era certo!

– E é por isso que você merece – continuou Thagir, colocando as pedras no bolso da camisa do *barman*, que ficou visivelmente constrangido, mas também feliz pelo presente.

– Meus amigos! – disse Dorik, com um largo sorriso. – Da próxima vez que nos encontrarmos, será com muitos copos de cerveja.

Todos se despediram com emoção. Apesar do pouco tempo que passaram juntos, a experiência foi marcante. Várias pessoas da cidade apareceram para dar adeus, acenando alegremente enquanto o barco partia. O dia estava claro e um vento agradável inflava as velas da embarcação, cujo dono era um homem de idade, inteligente e ainda forte. Ele fizera questão de conduzir o barco até Dipra e lhes contara que o rio Geora não apresentava grandes perigos, apenas uma ou outra cascata, que o barco poderia ultrapassar em segurança. Essa era a principal via entre Pegeo e Dipra, sendo utilizada com frequência pelos pescadores e comerciantes das duas cidades.

O rio Geora era límpido e de águas tranquilas. Podiam-se ver cardumes de peixes prateados nadando correnteza acima. Às margens, revezavam-se pastos verdes e florestas de árvores altas. De tempos em tempos, aldeias de pescadores ou grupos de címalos pastando despontavam na paisagem. Outras vezes, embarcações transportando caixas podiam ser vistas subindo o rio, auxiliadas por remos ou pela magia.

– Como encontraremos a tal anciã? – perguntou Kullat, sentado na proa do barco após algumas horas de viagem.

– Na parte leste de Dipra há um templo – respondeu Laryssa, olhando a paisagem.

– Um templo? – ele repetiu, com certo ceticismo.

– Sim – a princesa ainda olhava para os campos verdes da margem. – Um templo de pedra, nos limites da cidade, do qual Margaly é sacerdotisa.

– E como ela poderá ajudar? – questionou Thagir.

– Meu pai falava muito dessa mulher – ela respondeu. – Dizia que era a única que se comunicava diretamente com Yaa, a Mãe de Todas as Fadas.

Por cima das calças escuras, a princesa usava um curto vestido azul com detalhes cinza. Ela continuava carregando a pesada bolsa de couro. O vento batia em seus cabelos curtos, desalinhando-os.

– Como faremos para achá-la? – Kullat materializou uma pequenina bola de energia e a atirou na água, gerando uma profusão de respingos que molharam Laryssa.

– Ela sempre usa roupas vermelhas – a princesa concluiu, sorrindo e também jogando água em Kullat.

Thagir via os dois se divertindo, mas não conseguia sorrir, pois se preocupava com a segurança de Laryssa. As ordens eram claras: deveriam encontrar a princesa e levá-la em segurança para a cidade de Kendal. Ele tentou mais uma vez convencê-la a não irem atrás de Margaly, mas Laryssa era teimosa como só as princesas sabem ser. Thagir ficou um pouco mais tranquilo quando viu Azio na frente do navio. Vigilante e cauteloso, o autômato dourado observava tudo, pronto para defender sua mestra. Thagir, enfim, deu de ombros e se conformou. A viagem era lenta, mas o trajeto seria tranquilo e pelo menos quatro vezes mais rápido do que se tivessem seguido de carroça, além de não precisarem perder tempo para montar e desmontar acampamento à noite nem desviar de obstáculos na estrada.

Atracaram no início da noite e se despediram do dono do barco, que fez uma reverência enquanto partia rio acima. O grupo rapidamente saiu do porto em direção à cidade. Os lampiões de óleo de carvão estavam acesos, e as ruas estavam movimentadas, cheias de carroças e pessoas.

Dipra era uma cidade rústica, com pequenos prédios de pedra e madeira. Era cercada de montanhas, como se tivesse sido esculpida nas rochas. Para qualquer direção que se olhasse, viam-se enormes montanhas no horizonte.

Sua economia era baseada na mineração, mas a cidade também fazia escambo com Pegeo e até com a distante Bordina. A praça principal exibia uma estátua do rei Kendal montado em um grande cavalo. Estava desgastada pelo tempo, e alguns mendigos se encostavam em seu pedestal.

Quando os viu, Laryssa ficou incomodada por não conhecer muito bem o reino de seu pai. Vira miséria e sofrimento nas várias cidades pelas quais passara em sua busca. Consternada, refletia sobre a situação do reino: *Será que papai sabe o que está acontecendo com os súditos mais pobres do reino? Há tanto sofrimento e tantas pessoas necessitadas que é quase impossível ele não saber!* Fez uma anotação mental para falar com ele sobre o assunto quando voltasse ao reino.

– Melhor procurarmos agora mesmo o templo – disse Thagir. – À noite não chamaremos muita atenção.

Andaram cerca de duas horas pelas ruas menos movimentadas da parte leste da cidade. Às vezes, Thagir entrava em uma taverna para pedir informações e também para comprar comida ou bebida. Chegaram a uma estrada de pedra que se estendia até uma floresta.

A estrada parecia muito bem cuidada, com pequenos muros também de pedra nas laterais. Era um caminho largo, onde os quatro companheiros podiam andar lado a lado. Caminharam admirando o céu limpo e o luar brilhante. A floresta emitia sons silvestres e tinha uma atmosfera pacífica e agradável.

Alguns minutos depois, encontraram uma enorme e velha ponte de madeira e rochas, que ligava as duas margens de um precipício.

– Acho que estamos no caminho certo! – exclamou Kullat, apontando para cima.

Do outro lado, podia-se ver um grande triângulo de pedra por detrás do topo das árvores.

– Deve ser o teto do templo – falou Thagir, adiantando-se para atravessar a ponte. – Não está muito longe daqui.

– Esperem! – exclamou Azio, levantando um braço e barrando a passagem. – Há algo incomum nesta ponte, que está confundindo minhas análises.

Seus olhos brilharam em amarelo e seu peito estalou durante algum tempo.

– Ela é muito antiga. Há uma leitura que não consigo entender. Mas o que posso dizer é que está em condições de uso.

Os quatro seguiram pela ponte, admirando o precipício abaixo. Ouviam um som distante de água sob seus pés, e o ar era fresco.

Ao atingir o outro lado, seguiram pela estrada, passando por um grande carvalho, até chegar a uma escadaria. Kullat e Thagir permaneciam atentos a tudo e se surpreenderam com a beleza da construção à sua frente.

O templo era magnífico, construído em forma de pirâmide, e se estendia acima da copa das árvores. A escadaria de pedra polida era vigiada por dois grandes leões feitos do mesmo material, sentados em belíssimos pedestais em forma de espiral, e levava a uma enorme porta de entrada. Atrás dos felinos, havia duas grandes piras acesas em forma de mão. O fogo brotava da palma das mãos rochosas e refletia um brilho alaranjado nas costas dos leões. A porta estava aberta. Era de madeira trabalhada, com símbolos talhados em toda a superfície.

Azio permaneceu ali, vigiando, e os outros entraram silenciosamente. Encontraram apenas algumas pessoas ajoelhadas. Os poucos bancos de pedra estavam quase vazios. O interior do templo também era espetacular. Havia uma pequena escada de três degraus que dava acesso a um piso rebaixado em forma de semicírculo. Pilastras e colunas, com tochas suspensas, sustentavam o teto cheio de gravuras.

Kullat percebeu que havia uma lógica nos desenhos, como se contassem uma história, e foi pensando no que via: *Uma mulher carregando uma luz. A luz deixando a mulher rumo ao topo de uma montanha. Um homem subindo a montanha. Uma mulher e um homem no topo da montanha.*

No nível inferior, no meio do semicírculo, havia um pedestal com uma grande estátua de pedra que retratava uma criatura gorda de aspecto feminino. Cabelos longos trançavam-lhe o corpo e se misturavam com um longo vestido. Estava de pé, com as mãos à frente do rosto, segurando um triângulo. O rosto redondo e benevolente mostrava um sorriso. Chamas amareladas circundavam o triângulo, como se saíssem dos dedos da criatura de pedra. Sob seus pés, oferendas de peixes e frutas.

Havia uma mulher ajoelhada na frente da estátua, com um vestido vermelho que lhe cobria o corpo e um lenço da mesma cor sobre os cabelos. Kullat e Thagir acompanharam a princesa rumo aos pés da estátua.

– Senhora Margaly? – Laryssa perguntou baixinho.

– Quem procura por Margaly? – a voz era bem jovem.

– Sou a princesa Laryssa, filha do rei Kendal. Procuro a anciã chamada Margaly.

– Sua procura terminou, princesa – disse a mulher, levantando-se e deixando o lenço cair sobre os ombros, enquanto se virava para Laryssa. – Eu sou Margaly!

Um Caminho

Todos ficaram muito surpresos. Estavam diante de uma mulher belíssima, com uma longa cabeleira de fios negros e lisos e a pele clara e macia. Ela encarava a princesa com olhos azuis maliciosos e um sorriso de dentes brancos perfeitos. O vestido era comprido, mas deixava os braços descobertos. O decote revelava o contorno dos belos seios.

Recuperada do susto, Laryssa apresentou Kullat e Thagir rapidamente e pediu uma audiência com a "anciã". Ao ver os Senhores de Castelo, Margaly deu um sorriso sensual e os mediu dos pés à cabeça.

– Humm... Muito prazer – disse, encarando Kullat e Thagir. – Por favor, sigam-me – e, com um andar firme e sensual, se dirigiu para uma porta ao lado da estátua.

Entraram em um aposento grande, com sofás e cadeiras vermelhos. Havia também uma mesa de madeira trabalhada e, sobre ela, pães e frutas. Do lado esquerdo, em uma pequena cozinha conjugada à sala, um bule de água iniciava a fervura, e sobre a pia viam-se algumas ervas.

– Vou preparar um pouco de chá para nós – disse Margaly, indo até a cozinha. – Fiquem à vontade.

Os três se sentaram, trocando olhares de dúvida. Laryssa suspirou quando tirou a bolsa de couro do ombro, colocando-a a seu lado no sofá. Margaly voltou para a sala carregando uma bandeja com xícaras, açúcar e o bule de chá fumegante. Sentou-se em uma grande cadeira de madeira, serviu-se e levou a xícara à boca enquanto observava seus convidados. Seu vestido vermelho tinha uma fenda lateral e, quando ela se sentou, deixou uma parte das pernas exposta, para desconforto de Laryssa.

– Então – disse ela, repousando a xícara na mesa –, por que procuravam por mim?

Laryssa terminou de encher sua xícara antes de responder.

– Ouvi do meu pai que a senhora seria capaz de chegar até o Castelo de Gelo, lar de Yaa, acima das nuvens – começou, antes de beber.

– E por que eu faria isso? – Margaly sorriu, encarando a princesa.

– Isso você pode responder melhor do que nós – respondeu Laryssa. – O que deseja? Meu pai e eu podemos lhe dar o que quiser.

– Princesinha, são poucas as coisas de que uma sacerdotisa precisa – e, olhando sensualmente para Kullat, completou:

– Mas existem algumas coisas que podem convencer uma pessoa como eu a fazer o que desejam.

Laryssa pareceu perder o rumo. Não esperava de uma sacerdotisa uma atitude como aquela.

– Margaly – disse Thagir, sentando-se mais na ponta do sofá para se aproximar da mulher –, precisamos encontrar a Mãe de Todas as Fadas e acreditamos que você possa nos ajudar.

– A Mãe de Todas as Fadas? – ela sorriu maliciosamente. – Vocês são velhos demais para acreditar em fantasias. Por que creem que ela existe?

– Porque, *anciã* – a palavra saiu com um leve sorriso da boca de Laryssa –, eu tenho os quatro fragmentos do Globo Negro. E você sabe que ele não é fantasia.

Margaly não pareceu se impressionar. Apenas esperou e bebeu mais do seu chá.

– Somente com a ajuda de Yaa – continuou Laryssa – poderemos ativar o poder do Globo Negro. Então seremos capazes de consolidar a justiça e a paz em todos os reinos deste mundo.

Margaly riu graciosamente com a resposta de Laryssa. A princesa sentiu o rosto avermelhar diante da reação da mulher, mas preferiu ficar quieta.

– Menina! – exclamou Margaly. – Seus objetivos são nobres, mas você está enganada. Não existe cidade nas nuvens e, mesmo que existisse, o caminho para chegar lá seria árduo e perigoso demais para uma jovem princesinha. Yaa não passa de lenda. É uma história que dá esperança para o povo e emprego para mim.

– Toda lenda tem um fundo de verdade, Margaly – era Kullat quem falava por debaixo do capuz branco. – Além disso, os fragmentos do Globo Negro são reais o suficiente para causar problemas e até a perda de vidas.

Em seu íntimo, Laryssa agradeceu a Kullat. Não sabia o que responder àquela mulher, mas tinha vontade de quebrar o pescoço dela toda vez que a chamava de princesinha. Não gostava de seus modos vulgares e ainda menos de sua arrogância.

– Ora, ora! – disse Margaly, voltando-se para o Senhor de Castelo. – Pelo visto a princesinha tem aliados perspicazes, hein?

A mulher o encarou. Por um momento nada foi dito, apenas o silêncio reinava na sala.

– E onde estão os fragmentos do Globo? – ela perguntou, ainda olhando para Kullat.

Laryssa retirou da pesada bolsa a seu lado uma trouxa de pano e, desenrolando-a, apresentou quatro fragmentos de uma esfera negra de pedra. Cada parte era repleta de inscrições e símbolos na superfície. Eram os quatro fragmentos do Globo Negro, reunidos depois de tanto tempo. Margaly levantou-se e serviu-se novamente de chá.

– Princesinha, essa história toda de Yaa é uma grande bobagem. Apenas tolos acreditam nela. Esses mesmos tolos trazem oferendas com as quais me alimento e dinheiro que me sustenta. Mas este templo é muito antigo e é o início de um caminho. Dizem que pode levar até um reino branco. É uma jornada árdua e perigosa. E, como ultimamente não temos conseguido obter as doações pomposas de antigamente – disse com desdém, apontando em direção ao salão principal do templo –, eu os levarei ao longo deste caminho, porém há um preço a pagar.

Thagir pegou um pequeno saco de couro de um dos bolsos internos de sua longa casaca verde, o abriu e esparramou um punhado de gemas de cores variadas sobre a mesa, ao lado do bule de chá.

– Serão suas se nos guiar – informou o pistoleiro de Newho.

– Não são para mim – falou Margaly, guardando as joias de volta no saco de couro.

Se não são para ela, para quem serão?, pensou Kullat, ainda olhando para a mulher.

A sala ficou em silêncio.

– Vários já tentaram – Margaly disse após bebericar seu chá – e perderam a vida na tentativa. Vocês aceitam esse desafio?

– Aceito! – disse Laryssa, sem consultar os outros. – Basta mostrar o caminho.

Algumas horas depois, a lua brilhava fracamente no escuro do céu. Margaly vestia calças vermelhas e um colete de couro da mesma cor, deixando mais uma vez evidente que seu corpo não era o de uma anciã.

– Por Khrommer! – Kullat exclamou assim que ela apareceu. – Agora é que não entendi por que chamam você de anciã.

– Kullat! – disse Thagir, desaprovando o comentário. Azio piscou duas vezes em um tom azulado, mas não falou nada.

– O que foi? Só estou curioso! – o outro respondeu.

– Sou mais velha do que aparento – ela disse, passando as mãos nos longos cabelos negros –, mas não pergunte minha idade. Nenhuma mulher gosta de falar sobre isso.

Margaly piscou um de seus belos olhos azuis para Kullat e mandou-lhe um beijo. Laryssa ficou visivelmente irritada, e Kullat constrangido. Margaly riu e começou a andar por uma trilha inclinada de pedras, que iniciava atrás do templo e seguia floresta acima.

Depois de muito tempo de caminhada, chegaram a uma clareira onde havia um grande arco de pedra entalhado ao pé da montanha. O arco continha apenas um símbolo, uma forma retangular com uma barra transversal a cortá-la ao meio. Em vez de apresentar a escuridão característica das entradas de cavernas, seu interior parecia conter uma estranha transparência, como se uma água azulada corresse no vazio.

– Princesinha, meus amores e bondoso homem de lata! – Margaly estava diante da entrada. O brilho azulado e translúcido, que parecia uma cascata de água límpida em suas costas, evidenciava seus contornos, deixando-a ainda mais atraente e sedutora. – Devo alertá-los de que deste ponto em diante não há retorno. Perigos e morte serão sua única recompensa. Uma vez que passarem por este arco, só poderão sair por outro, muito acima de nós.

Laryssa apertou a alça da pesada bolsa de couro e olhou a montanha gigantesca. Notou que o cume era o único, de toda aquela cadeia de montanhas, encoberto por nuvens. O resto do céu estava limpo e estrelado.

– Venham de consciência limpa e por livre vontade – Margaly falou, com um sorriso malicioso no rosto. – Serei apenas a guia que sabe como sobreviver enquanto outros morrem.

Como ninguém desistiu, ela sorriu, mostrando os lindos dentes brancos emoldurados pelos lábios cor de rubi. Virou-se e entrou na caverna. À medida que caminhava, o brilho parecia banhar seu corpo. O próximo a entrar foi Azio. O autômato passou firmemente pela entrada, sendo invadido por uma sensação estranha em seus circuitos internos quando saiu do outro lado. Laryssa, Kullat e Thagir entraram juntos e, dentro da caverna, foram tomados por surpresa.

Para Thagir, o mundo parecia ter encolhido. Sua visão estava mais fraca e opaca. Não conseguia ver os pontos brilhantes que normalmente acompanhavam sua visão periférica. A partir do término da guerra no deserto de Gálam Makur, ele havia conquistado o direito de utilizar o Coração de Thandur no bracelete esquerdo. Desde então, via o mundo de forma diferente dos outros seres humanos. Apesar de as cores serem percebidas com alguma perda nos tons, graças ao Coração de Thandur, quando ele se concentrava, conseguia focalizar as coisas muito bem a distância, sua visão periférica era ampliada significativamente e o tempo parecia correr ainda mais lentamente durante alguns momentos.

Olhou para o Coração de Thandur e viu que a gema não brilhava mais. Tentou invocar uma arma com a Joia de Landrakar, no bracelete direito, mas, por maior que fosse sua concentração, nada se materializava.

Laryssa deixou de ouvir o som da natureza, caindo em um mundo de silêncio. Os sons dos pequenos seres não chegavam mais até seus ouvidos. Mesmo as canções usadas para conversar com os animais tinham se perdido em sua mente.

Kullat estava parado olhando para suas mãos. Sem resíduo algum de brilho, elas agora estavam enfaixadas por panos comuns. Seu rosto estava totalmente visível, embora estivesse usando o capuz. O manto perdera a aparência espectral, tornando-se apenas um tecido comum, como quando desmaiara ao segurar o teto da caverna.

– Sem poderes! – disse ele, ao ver a surpresa no rosto dos demais. – Estamos todos sem poderes!

Trilhas e Túneis

Margaly riu ao ver o torpor dos aventureiros. Estavam todos atordoados, tentando entender como seus poderes haviam sumido.

– Ainda quer chegar à cidade branca, princesinha? Aqui, toda a magia daqueles que tentam encontrar Yaa é roubada e, se morrerem, seus poderes são transferidos para mim.

A passagem atrás deles havia se transformado em pedra, impedindo que retornassem. Os olhos de Laryssa se contraíram de raiva e, sem pensar, atacou Margaly com sua espada. Tinha ódio dela, de seu jeito oferecido, e agora mais ainda, por ter sido enganada. Kullat a impediu com um movimento rápido.

– Isso não vai ajudar – disse Thagir.

– Essa mulher já fez demais! – Laryssa berrou com ódio nos olhos.

– Parece que a princesinha não gosta de mim! – Margaly retrucou com uma falsa expressão de espanto no rosto.

Laryssa teve um novo acesso de raiva, mas foi contida por Kullat. Ele tirou o capuz, demonstrando confiança. Seus olhos eram tranquilos, e Margaly os fitou com malícia.

– Mostre-nos o caminho – ele disse, com a voz baixa e controlada.

– Você está louco! Esqueceu que estão sem seus poderes? – a voz dela era desdenhosa. – Qualquer obstáculo terá de ser vencido sem nenhuma ajuda ou magia. Vão morrer, como todos os outros!

– Não vejo problema nisso – respondeu Kullat, com um sorriso. – Meu poder não é o que me define.

– Ainda existe uma solução – ela disse baixinho, aproximando-se do Senhor de Castelo. – Abandone seus companheiros e uma saída se abrirá. Posso retornar quando quiser, mas apenas um pode voltar comigo.

Indignado com a proposta, Kullat franziu a testa e fechou os punhos. Antes, tal atitude teria causado um aumento no fogo branco de suas mãos, como uma manifestação física de suas emoções. Sem seus poderes, no entanto, os punhos enfaixados não tinham brilho nenhum.

– Vamos em frente – ele falou. – Todos nós.

– Como farão para sobreviver é problema de vocês! – disse a mulher de forma arrogante, virando as costas e voltando-se para a escuridão à sua frente.

A caverna tinha pequenas tochas penduradas nas paredes rugosas e cobertas de musgos e lama. Em alguns pontos, ossos e crânios eram encontrados em pilhas pequenas, encostadas nos cantos.

Ratos e vermes comiam os restos mortais de um guerreiro que tentara chegar até Yaa. Laryssa virou o rosto com nojo, sentindo a saliva engrossar, e cobriu o nariz e a boca com as mãos. Kullat rasgou dois pedaços de sua túnica e os ofereceu a Laryssa e a Thagir, que cobriram o rosto para evitar o mau cheiro. Depois puxou a própria gola, protegendo o nariz e a boca. Azio e Margaly pareciam não se importar com o odor dos cadáveres.

Parece que alguns viajantes aceitaram a proposta de abandonar seus companheiros, pensou Kullat.

Com Margaly à frente, andaram por trilhas e túneis dentro da montanha, sempre em direção ao topo. Continuaram durante horas, até que chegaram a uma ampla caverna, que tinha uma das paredes inclinada.

– A saída deste nível está lá – disse Margaly, apontando para o final da subida íngreme acima deles. – De lá, poderemos continuar nosso caminho.

Sem dizer mais nada, pulou e agilmente começou a escalar. Subia rapidamente e sem pausas. Era como se uma corda a puxasse para cima. Continuou subindo até se tornar uma figura pequenina sobre a cabeça dos demais.

Azio se ofereceu para levar Laryssa.

– Não! Devo fazer isso sozinha – ela disse, enquanto olhava a parede à sua frente. Havia pontos de apoio por onde poderia subir, mas eram escassos e distantes uns dos outros.

O autômato pediu para levar a bolsa de couro. Laryssa pensou um pouco e concordou. Com a grossa tira de couro a lhe cruzar o corpo, Azio rapidamente saltou e, com seus membros dourados, começou a escalar a enorme parede. Laryssa notou que o autômato abria buracos na rocha a cada movimento, e que essas rachaduras facilitariam a escalada dos demais. *Azio não perdeu sua força*, pensou.

O autômato continuava sua subida, enquanto Thagir, auxiliado por seus bastões, começava também a escalar a pedra. Colocava um bastão em um dos buracos que Azio tinha feito, apoiava-se e cravava o outro no próximo buraco, subindo assim lentamente. Kullat escalou logo em seguida, aproveitando-se dos buracos para ganhar força e dar um descanso a seus membros esgotados. Laryssa analisou todos que subiam para identificar o caminho mais fácil. Recordou-se dos tempos de criança, quando brincava de escalada nos escarpados do reino. Ela foi a última a subir.

Estava na metade da elevação e já conseguia ver, ao longe, a saída, porém um tremor tirou-lhe o equilíbrio. Viu lá em cima o vulto de seus amigos, que olhavam para baixo e gritavam. Não entendia nenhuma palavra, mas sabia que algo estava errado.

A caverna começou a tremer, como se estivesse viva. Pedras se desprendiam do teto e caíam ao redor da princesa. Instintivamente, ela começou a pular entre as rochas que caíam e rolavam em sua direção. Aquela parte da subida era menos íngreme, formando uma espécie de plataforma. Se não fosse isso, Laryssa poderia cair e rolar para baixo. Com agilidade, a princesa se desviava das rochas. Sua mente estava limpa, apenas realizando os movimentos por instinto, escolhendo os melhores pontos de apoio entre as perigosas pedras.

Azio tentou descer para ajudá-la, mas tinha que fazer os movimentos de costas e as pedras o atingiam, desequilibrando seu enorme corpo dourado. Thagir e Kullat tentavam chegar perto da borda, mas as pedras que caíam do teto os impediam de descer.

Uma pequena rocha acertou o ombro de Laryssa e a desequilibrou, fazendo-a bater secamente contra o chão inclinado. Mas ela conseguiu se segurar em uma fenda e retomou o controle bem no momento em que uma grande pedra veio em sua direção. A rocha bateu rente ao seu braço, quase a atingindo. Com um salto, ela se jogou para a esquerda, livrando-se do golpe. Azio estava ainda a vários metros. A princesa então ficou de pé e bailou entre as rochas que caíam, desviando-se e arqueando o corpo ou pulando, a fim de evitar choques.

O tremor começou a diminuir e apenas algumas pequenas rochas continuaram a rolar. Azio conseguiu chegar até ela, e, sem o tremor, ambos escalaram lado a lado o restante do percurso. Laryssa chegou ao topo arfando, com a roupa suja de poeira, molhada de suor e com pequenas escoriações e arranhões.

– É isso aí! – gritou Kullat, abraçando a princesa, feliz por ela ter conseguido.

– Nunca vi nada igual! – disse Thagir, espantado.

Laryssa esboçou um sorriso nervoso. Seu corpo todo doía, mas a sensação de vitória a fazia se sentir bem.

– Não sei como – ela disse –, mas parecia que eu sabia exatamente o que tinha que fazer.

Laryssa e Kullat ficaram um pouco constrangidos, porque ainda estavam abraçados, e ela disfarçou tentando limpar a poeira da roupa. Azio se aproximou e devolveu a bolsa com os fragmentos do Globo Negro. Laryssa suspirou ao sentir o peso no ombro, mas sorriu para o autômato. Estava cansada e com sono, pois já devia ser madrugada.

– Vamos! Quero chegar em casa antes do café da manhã – disse Margaly, sem dar atenção à princesa e continuando o caminho pela caverna.

Andaram pelo túnel escuro novamente sem conversar. Após bastante tempo seguindo túneis e subindo trilhas inclinadas, visualizaram uma luz no fundo da caverna. Quando chegaram perto, viram que as paredes e o teto estavam repletos de joias e gemas de várias cores e tamanhos. Brilhando vivamente, as preciosidades iluminavam o caminho, até que eles chegaram a um enorme abismo. Um vento forte soprava lá de baixo, impossibilitando qualquer tentativa de chegar ao outro lado com um pulo.

Margaly pegou o saco de couro onde guardara as joias que recebera de Thagir e despejou o conteúdo em uma fenda na parede. As gemas foram absorvidas pela rocha, e vários novos pontos brilhantes surgiram pela caverna.

– Aqui fica o pagamento – disse, sem mais explicações.

– Mas onde está a saída? – perguntou Laryssa, olhando ao redor

– Estão vendo aquela porta do outro lado do abismo? – perguntou Margaly com um sorriso debochado, apontando para uma porta alta e circular, muito semelhante ao arco que haviam cruzado na entrada da caverna. Do lado esquerdo havia um tipo de painel de controle. – Ela está trancada, e vocês devem abri-la. Além disso, terão de passar pelo abismo, mas para isso terão de acionar aquele dispositivo.

O dispositivo de controle era um círculo pequeno de pedra com seis frestas, que continham joias e pequenas gemas. Apenas dois buracos não estavam preenchidos.

– Você nos enganou – Thagir começou a falar, com o dedo apontado para Margaly – para que entrássemos na caverna e perdêssemos nossos poderes. Agora jogou fora todas as pedras preciosas que lhe dei. Como vamos saber que não está tentando nos matar para ficar com nossos poderes?

Margaly fitou um por um com aquele olhar malicioso.

– Eu não enganei ninguém – respondeu, zangada. – Vocês entraram aqui por vontade própria e me deram as pedras porque quiseram. Elas são minhas e faço com elas o que quiser. Se não quiserem seguir em frente, ótimo! Assim eu volto para casa sozinha e vocês morrem nestes túneis.

Margaly recostou-se na parede e cruzou os braços. Ninguém respondeu, porque era verdade. Ela realmente não mentira, apenas não tinha dito todos os detalhes. Thagir ficou pensativo, olhando para as pedras nas paredes.

– O que você está pensando? – perguntou-lhe Kullat.

– O painel deve abrir quando estiver completo – disse Thagir, ainda olhando com atenção para as gemas grudadas nas paredes, como se estivesse procurando algo. – Temos que escolher algumas que se encaixem corretamente e acertá-las no painel.

– Que bom – disse Kullat com um sorriso –, me parece bem simples. Escolher uma entre milhares de joias, atirá-la através de um abismo de vinte metros e acertar um painel do tamanho da minha mão. Francamente, nada mais fácil.

Thagir sorriu com sinceridade, afinal não era a primeira vez que Kullat descrevia uma situação séria com despreocupado humor. Era sua válvula de escape. Enquanto outros choravam e se desesperavam, Kullat fazia piadas e ria. Demorou um tempo, mas Thagir escolheu três gemas.

A primeira era verde, de formato irregular e um tanto leve. A segunda era um quadrado vermelho com bordas rosadas, pesada e retirada do teto. A última, azul, parecia um hexágono fino e transparente. Com as três gemas na mão, andou até a beirada do fosso. O vento forte ondulava sua longa casaca verde.

– São somente dois buracos. Por que escolheu três pedras? – perguntou Laryssa, ao vê-lo com as joias na mão.

– Não tenho certeza de uma delas.

Azio informou que poderia tentar, mas que sua precisão não era muito acurada, pois seus dotes eram a força física e a potência das armas, o que não seria de grande utilidade naquele momento.

Thagir olhou para o painel. Se estivesse com seus poderes, sua visão lhe mostraria onde acertar a pedra, destacando o local exato em uma leve névoa azulada seguida de dois pontos brilhantes. Teria detalhes do formato de cada buraco e também da melhor forma de atirar. Instintivamente, saberia calcular os desvios que o vento faria em seu arremesso, a fim de compensar isso sem prejudicar o lançamento.

Mas tudo que via agora era um pequeno círculo de pedra marrom, do tamanho de sua mão. Pegou um punhado de poeira do chão e o arremessou na direção do abismo. O vento fez a poeira dançar em redemoinhos e curvas. Uma parte se reuniu no meio do buraco, enquanto o restante foi dissipado. Depois disso, o pequeno aglomerado também se desfez. De olhos cerrados, Thagir segurou firmemente a gema verde entre o dedo indicador e o polegar e tomou impulso.

A pedra saiu de sua mão velozmente e cruzou o abismo, balançada pelos fortes ventos. Girou no ar e, com força, grudou-se no buraco inferior do painel, brilhando intensamente assim que atingiu o alvo.

Todos pularam de alegria com o feito. Laryssa estava espantada com a precisão do pistoleiro. O arremesso fora perfeito e incrível. Sem se deixar contagiar pelo sucesso, Thagir olhou calmamente para as outras duas gemas. Ainda não sabia qual delas utilizar para o próximo arremesso. Depois de alguns momentos de indecisão, novamente tomou impulso e lançou o quadrado vermelho contra o vento, mas tropeçou e caiu, quase rolando pelo abismo.

A joia atravessou o fosso como um raio escarlate e bateu do lado de fora do painel, ricocheteando em uma figura em relevo na pedra e caindo na escuridão abaixo. A figura atingida começou a girar, como se tivesse um eixo interno.

De repente, de buracos nas paredes ao redor do controle, várias flechas foram disparadas velozmente contra eles. A princesa, que estava atrás de Azio, ficou protegida, pois as setas que o atingiram se quebraram sem causar nenhum estrago. Kullat teve sorte, pois estava mais perto da parede, próximo de Margaly e fora da rota das flechas.

Thagir, que estava bem de frente para o ataque, se livrou de quase todas as setas porque estava caído. Uma delas, contudo, atingiu de raspão seu braço esquerdo.

Imediatamente após a ofensiva, os ventos do abismo se transformaram em verdadeiros redemoinhos, levantando poeira e pequenas rochas na frente de Thagir.

– Não consigo ver nada! – exclamou Laryssa.

Sob o olhar espantado dos colegas, Thagir se levantou e olhou novamente para o alvo. Agora a visão era praticamente nula. O pó marrom serpenteava no ar, deixando o painel escondido atrás da fúria dos ventos. Apenas em alguns momentos ele se tornava visível.

Thagir acariciou a gema azulada em sua mão e estudou demoradamente a revolução de ar, pedras e poeira à sua frente. Fechou os olhos e se lembrou de quantas vezes, em Newho, tivera de atingir o alvo sem enxergar. Recordou sua infância, quando precisou acertar uma pequena cápsula de bala, pendurada por um fio, que balançava de maneira rápida e ritmada entre os galhos de uma árvore. Tinha uma venda preta nos olhos, e seu tutor o deixou observar apenas uma vez o movimento do alvo. Agora, parecia ouvir novamente a voz do instrutor.

"Agora, Thagir, deve procurar o alvo com a consciência e não com os olhos", dizia a voz rouca de Klio, seu antigo mestre, enquanto amarrava o pano preto em seus olhos. Tentou achar a cápsula no espaço e no tempo de sua mente. Sentiu quando o tiro ia sair, como um ser vivo a correr para fora do cano da arma. Destruiu o alvo com perfeição.

De volta ao presente, sem abrir os olhos, viu em sua mente o turbilhão à frente, a gema em sua mão, a trajetória e os desvios pelos quais ela passaria e o alvo mais adiante. Fez o lançamento ainda de olhos fechados.

Manteve sua posição, esperando receber uma saraivada de flechas ou outro ataque qualquer. Mas, em vez disso, sentiu apenas o silêncio que tomou conta do lugar. Abriu os olhos e viu que a pedra azulada estava fixa no painel, brilhando em conjunto com as demais.

– Incrível! – Laryssa e Kullat falaram ao mesmo tempo.

Um som de engrenagens tomou conta da caverna e, lentamente, uma pedra retangular surgiu na parte inferior da beirada onde estavam. Com olhos incrédulos, todos viram a pedra avançar por sobre o abismo, tornando-se uma ponte entre as duas extremidades. Os ventos haviam cessado e a ponte parecia segura.

– Você está bem? – Kullat perguntou ao amigo. – Parece meio zonzo.

– Estou bem, só um pouco cansado – Thagir respondeu.

O pistoleiro acompanhou Margaly, que permanecia com os braços cruzados, através da ponte. A porta agora estava aberta, e por ela um caminho bem iluminado se mostrava ao grupo. Os demais os seguiram.

O caminho era totalmente diferente dos anteriores. As paredes eram trabalhadas, cheias de pequenos furos e com grandes tochas penduradas. O túnel seguia até um grande salão, que era o fundo de uma enorme fenda no interior da montanha. No centro do salão havia uma coluna com cerca de três metros de diâmetro, que seguia por centenas de metros acima deles.

A rocha que formava a coluna era escorregadia, como se tivesse sido trabalhada por séculos pela água que ali escorria lentamente. Uma escada, cujos degraus rodeavam simetricamente a enorme coluna, parecia talhada na rocha, formando uma espiral pelo exterior. Não havia nenhuma saída no salão, exceto o arco de pedra pelo qual haviam entrado.

– Para onde vamos agora? – perguntou Laryssa, sentando-se em uma pedra para descansar.

– Para cima, princesinha – respondeu Margaly. – Encontraremos outro arco lá.

Laryssa bufou. Odiava quando Margaly a chamava de princesinha. Pensou em levantar e dar uma lição nela, mas a mulher já estava subindo a escada, ignorando sua reação.

Conforme Margaly subia, ia circundando a coluna rochosa. Quando chegou a oito metros de altura, já havia dado uma volta completa. De repente, o arco pelo qual passaram foi bloqueado por uma porta de pedra. Das rachaduras das paredes começaram a surgir cobras brancas.

Laryssa correu até a escada e começou a subir o mais rápido que conseguiu. As cobras deslizavam habilmente na direção de Kullat e Thagir, que estavam mais afastados da coluna. Eles correram para a escada, mas o caminho estava bloqueado por um grupo de cobras albinas prontas para dar o bote.

Foi Azio quem abriu caminho para os Senhores de Castelo, pisoteando as cobras, que pareciam se desfazer, e andando até os dois companheiros encurralados.

– Subam nas minhas costas! – disse com autoridade e foi prontamente obedecido.

O autômato os levou até a escada. Thagir subiu primeiro, seguido por Kullat e pelo próprio Azio. Margaly já estava a uns trinta metros de altura. Uma tocha se acendeu magicamente, e outra nova tocha se acendia cada vez que a mulher de vermelho vencia uma nova volta na coluna.

Caso alguém caísse, poderia morrer pela queda, transpassado pelas estalagmites ou picado por cobras. Eles continuaram subindo por muito tempo. Foram tantas voltas que Kullat perdeu a conta e também a noção de altura. De repente Margaly desapareceu da vista de Laryssa. *Será que ela caiu?*, pensou a princesa.

– Aqui, menininha! – gritou Margaly, como se lesse seus pensamentos.

Ela já não estava subindo a coluna – havia pulado para uma pequena plataforma cravada em uma das paredes.

Laryssa a seguiu e viu outra passagem em forma de arco.

– Se vocês não me tivessem como guia, certamente continuariam a subir e se perderiam – a frase veio com arrogância.

Laryssa, apesar de contrariada, concordou e passou pelo arco. Em poucos minutos os dois Senhores de Castelo e o autômato também seguiram por aquele caminho. Eles haviam entrado no que parecia ser o interior de um templo. Havia candelabros no teto que iluminavam todo o ambiente, e esqueletos com as roupas rasgadas, espadas e lanças cobriam o chão polido. Marcas de garras e manchas de sangue seco espalhavam-se pelo chão e pelas paredes, como se inúmeras batalhas tivessem sido travadas ali.

– Algo aconteceu aqui! – disse Kullat, arfando pelo esforço da subida, enquanto examinava um esqueleto no chão.

– Estes homens – concluiu Thagir – foram atacados por algum animal.

Ele tirou os bastões de combate das costas e apertou um pequeno botão, transformando-os em machados. Lançou um deles para Kullat, que se colocou em posição de defesa.

Laryssa sacou sua espada imediatamente, embora estivesse horrorizada pela visão dos esqueletos. Mantinha o tempo todo uma mão na bolsa de couro que guardava os fragmentos do Globo Negro. Azio tentou entrar em modo de combate, mas seus circuitos não responderam.

– Não consigo acessar minhas armas – disse em tom neutro. – O sistema está apresentando falha de funcionamento interno.

– Então foi isso que você perdeu na entrada da montanha! – falou Kullat, espantado.

Margaly gargalhou. Sem se explicar, andou até o fim do túnel e saiu em um salão enorme. Ao centro, havia uma pedra retangular talhada, como se alguém a tivesse esculpido com muito afinco. Ao fundo, uma enorme porta semicircular de pedra fora entalhada na parede polida. Duas tochas iluminavam a porta e uma alavanca ao lado dela. Próximo dali, havia a carcaça seca de um animal de grande porte.

– O que é aquilo? – perguntou Azio com sua voz metálica.

Kullat se aproximou da criatura morta com cuidado, segurando o machado com ambas as mãos. O animal tinha cerca de três metros de comprimento. A cabeça era coberta de pelos negros, com tufos azuis contornando as orelhas e a nuca. O rosto era redondo, e o nariz achatado separava os dois grandes olhos. Os dentes eram afiados, assim como as enormes garras negras. Do pescoço para baixo, os pelos eram escuros e cobriam todo o corpo. No couro seco da barriga e do antebraço, vários cortes deixavam claro que o animal tinha sido atacado. Kullat foi acometido por uma grande sensação de pesar diante daquela cena chocante. Abaixou o machado e rezou silenciosamente.

– Desculpem... – disse, enquanto enxugava os olhos lacrimosos com as mãos enfaixadas.

– Agora ele enlouqueceu de vez! – Margaly falou em tom jocoso. – Chorando por um animal assassino.

Kullat olhou novamente para os esqueletos. Sentia a morte dos homens, mas, de uma forma que não sabia explicar, sentia ainda mais a morte da criatura. Decidiu se deixar levar pela emoção e prestar ao animal o tributo que seu coração pedia.

– Azio, poderia pôr a criatura na pedra? – pediu.

– Veja a forma dela! – berrou Margaly, apontando para a massa morta ao lado da porta. – Dentes afiados. Garras monstruosas. Veja os crânios e as paredes, Kullat!

– Margaly – as palavras saíram com desprezo –, você julga somente pela aparência? Pela beleza exterior? Pelo belo corpo que possui e pelos ricos adornos que usa, você se compara com os demais?

A mulher tentou em vão responder, mas Kullat encerrou a conversa com um gesto e pediu novamente a Azio que levantasse a criatura morta e a colocasse na grande pedra no centro do salão. Retirou seu manto e cobriu com ele o corpo grotesco. Em silêncio, pegou uma tocha da parede e ateou fogo ao pano. Em pouco tempo, a pira feita com o corpo do monstro queimava em grandes chamas. Um brilho vermelho surgiu da porta atrás deles. Pequenas faíscas coloridas saíam da pedra onde o monstro estava sendo queimado e serpenteavam no ar. As luzes se misturavam e, à medida que seu brilho se intensificava, a porta de pedra começou a abrir, mostrando novamente a cascata de luz azul.

– Muito bem! – disse Margaly. Em sua postura havia respeito e nobreza, além de tranquilidade, como se a discussão anterior não tivesse existido. – Vocês realmente não são definidos por seus poderes. Há muito tempo ninguém passava por este nível.

Todos olharam surpresos para Margaly, que agora se portava com uma altivez inesperada. Ela se virou e desapareceu em meio à luz azul do portal.

O Segredo de Margaly

Ao atravessar o portal, Kullat sentiu sua energia voltar. Seus punhos brilharam em pequenas chamas cor de pérola. Com um movimento simples, ele recriou seu manto, cobrindo-se novamente de branco. Estava em uma floresta, cheia de árvores altas e vegetação rasteira.

Uma densa névoa cobria o lugar, e um vento frio remexia levemente o ar ao redor. Laryssa saiu logo atrás e sentiu a natureza voltar a falar com ela. Azio testou o módulo de combate, quase dobrando de tamanho e ativando suas armas. Thagir acionou o Coração de Thandur e sua visão ficou aguçada novamente.

– Estamos no topo da montanha! – disse o pistoleiro com espanto.

Acima deles, via-se uma única e gigantesca nuvem branca, de onde centenas de cipós desciam até o chão.

– Princesa, escolha bem seu caminho – disse Margaly ao agarrar um grosso cipó coberto de musgo vermelho. Começou a subir por ele e, quando estava a cerca de três metros de altura, completou:

– Para cada um de vocês há apenas um cipó correto. Escolham errado e uma eternidade se passará até que voltem aqui. Darei um conselho apenas: continuem seguindo o coração e a verdadeira natureza de cada um.

Ela sorriu e continuou subindo, até sumir dentro da nuvem.

– Mais um desafio – Laryssa murmurou, desanimada. Já não sabia o que pensar daquela estranha mulher. Olhou para as centenas de cipós que pendiam da nuvem. Examinando-os com mais cuidado, notou leves diferenças entre cada um deles. Uns eram mais grossos e úmidos, outros mais rugosos ou de cores distintas, e não havia nenhum igual ao outro.

A princesa notou que, ao tocá-los, experimentava sensações diversas. Olhou demoradamente para os cipós, até encontrar um coberto de musgo marrom rajado de amarelo. Fino e liso, parecia novo em relação aos demais. Teve uma sensação agradável ao toque, diferente dos outros em que havia encostado. Sua alma pareceu se elevar, como se magia percorresse seu ser. Confiante, agarrou o cipó com ambas as mãos e iniciou a escalada. Conforme avançava, sentia o ar cada vez mais frio. Pequenas nuvens de fumaça saíam de sua boca quando respirava. Olhou para baixo e viu seus três companheiros. Com um aceno e um sorriso cândido, se despediu. Entrou na nuvem torcendo para que aquele fosse o caminho certo.

O cipó parecia ter dezenas de metros de comprimento. Ela arfava de cansaço. A névoa branca não a deixava ver nada. A infinidade de cipós que via antes de entrar na nuvem simplesmente desapareceu. Sentia presenças ao seu redor, mas segurança e tranquilidade enchiam seu coração. Gritos e gemidos às vezes pareciam vir do interior da nuvem, mas ainda assim não via nada além de névoa.

O que aconteceria com seus amigos? Teriam escolhido os cipós corretos? E se alguém não conseguisse, será que encontraria alguma das entidades que habitavam aquele mundo de névoa e solidão? Estas e outras tantas dúvidas passavam pela cabeça da princesa enquanto subia pelo longo caminho. O peso da bolsa também dificultava a subida. Às vezes enrolava o cipó na perna e no pé, construindo um apoio temporário para descansar um pouco. Seus braços queimavam com o esforço.

Será que escolhi o cipó errado? Será que devo tentar voltar? E se não conseguir?, Laryssa pensou.

Depois de mais alguns metros, a névoa pareceu se adensar e escurecer em um ponto localizado. Ela subiu mais um pouco e fixou o olhar no borrão de acentuado tom marrom. Pensou um pouco e concluiu que poderia ser sua parada. Balançou o cipó e, com um impulso, aterrissou sobre algo fofo e gelado. O cipó evaporou, e a névoa que a envolvia começou a se dissipar como mágica. Sob seus pés havia relva verde e úmida, entremeada de terra e neve. Raios de sol matinal começaram a penetrar a nuvem e a aquecer seu corpo. A princesa e seus companheiros haviam passado a noite inteira dentro da montanha. A névoa ainda não permitia ver muitos detalhes, mas ela pôde ver três vultos, e um deles refletia como ouro.

– Azio! – gritou, correndo em direção ao reflexo dourado.

Era de fato o autômato, acompanhado de Kullat e Thagir. Laryssa perguntou como chegaram tão depressa e como escolheram acertadamente os cipós. Kullat sorriu e disse que, depois que ela iniciou sua escalada, os cipós se recolheram, sobrando apenas três. Parecia que a prova final não era destinada exclusivamente a ela.

Thagir lembrou que eles ainda tiveram de escolher com cuidado, pois não sabiam a quem cada cipó era destinado. Foi Azio quem decidiu primeiro, pegando o mais fino e aparentemente frágil.

– Não vai aguentar seu peso, Azio! – disse Thagir, preocupado.

– Você pode arrebentar esse aí, Latinha! – concordou Kullat.

Mas o autômato não deu ouvidos e, agarrando a fina trança verde, puxou. Inicialmente o cipó cedeu e seu corpo não saiu do solo.

– Este é o único com características elásticas suficientes para aguentar meu peso, senhores – concluiu Azio. Seu peito fez um ruído abafado.

Puxou mais e mais até formar um amontoado de cipó à sua frente. Suas mãos douradas agora seguravam um finíssimo fio verde. A tensão era enorme. Os Senhores de Castelo olhavam incrédulos, esperando apenas pelo estalo seco do cipó arrebentando, mas viram quando o corpo do autômato começou a subir. A escolha de Azio fora acertada.

Kullat escolheu o cipó mais à esquerda, dizendo que nele sentia uma pulsação que batia no ritmo do seu coração. Sem questionar, Thagir pegou o que sobrara, um cipó coberto de pequenas folhas alaranjadas, com espinhos curvados para baixo e bastante úmido. Sentiu como se estivesse em meio à floresta de Newho. Os espinhos não o machucavam, e uma agradável sensação de lar o preencheu.

– Começamos a escalar no momento em que Azio entrava na nuvem – disse Kullat, resumindo os acontecimentos para a princesa.

– Assim que chegamos aqui, você gritou o nome dele – concluiu Thagir, olhando ao redor.

Laryssa sorriu. Um vulto familiar surgiu na névoa. Era Margaly. Eles seguiram a mulher através da bruma, que ainda era espessa, mas bem menos densa do que antes. Andaram cerca de dez minutos em silêncio. Vez ou outra, Laryssa suspirava por causa do peso da bolsa. Azio ofereceu ajuda, mas ela disse que estava bem.

Com um gesto de Margaly, semelhante ao abrir de portas, a névoa se desfez. Uma grande paisagem se descortinou diante de seus olhos, um jardim enorme, com árvores e grama salpicadas de neve. Caminhos brancos se espalhavam por entre fontes de água. Algumas árvores estavam cobertas por uma manta de gelo transparente. Passaram por uma grande sereia de pedra que segurava, com mãos finas e elegantes, um vaso cheio de contornos, de onde jorrava água cristalina.

Um pouco mais à frente, havia um centauro feito do mesmo material rochoso, com uma corneta em forma de chifre próxima à boca, na qual soprava grande quantidade de água em uma fonte circular. O vento trazia flocos de neve, fazendo-os bailar no ar. Ao fundo, um palácio de gelo se erguia, imponente, no horizonte.

Chegaram a uma grande escadaria de mármore, ladeada por piras em forma de triângulo invertido e levando a um enorme portão, que Margaly abriu facilmente, empurrando as duas folhas para den-

Jardim do Castelo de Gelo de Yaa, a Mãe de Todas as Fadas.

tro do castelo. Ali dentro, a fortaleza era espetacular. As paredes eram brancas, repletas de desenhos em relevo, alguns com forma humana, outros em formatos geométricos. Um desenho em especial chamou a atenção de Kullat. Era rústico e mostrava homens passando pelo grande corpo de um animal morto. Em seguida, o desenho mostrava o ser enorme, com suas garras afiadas, atacando os homens. *Eles não deram valor à criatura, então ela ressuscitou e matou a todos,* pensou Kullat.

Colunas com grandes bandeiras vermelhas delimitavam um corredor. No chão, um extenso tapete vermelho levava até um largo trono de gelo, adornado com longas mantas também vermelhas.

– Este é o trono de Yaa – falou Margaly, ao chegar perto dos três degraus que levavam ao trono.

– E como faremos para falar com ela? – perguntou Laryssa.

Margaly deu um sorriu amável e começou a andar em direção ao trono. Quando pisou no primeiro degrau, seus cabelos ganharam um tom de loiro, seus braços e pernas aumentaram um pouco. No segundo passo, sua barriga cresceu e a roupa se transformou em um amplo vestido. As maçãs do rosto tornaram-se cheias e arredondadas. No terceiro degrau, os seios ganharam volume e se tornaram flácidos. A pele adquiriu uma aparência envelhecida. Ao se sentar no trono, não existia mais nenhum traço da sensual e maliciosa Margaly. Em seu lugar, havia uma mulher volumosa, de rosto redondo e cabelos loiros. Rugas contornavam-lhe os olhos, agora castanhos. Margaly havia se transformado em Yaa, a Mãe de Todas as Fadas.

– Como pode ver, mestre Kullat – disse Yaa, sem nenhum traço de remorso na voz –, também não julgo pela aparência, nem por aquilo que aos olhos é sadio e ao tato é macio!

Kullat retirou o capuz e ajoelhou-se humildemente em sinal de respeito. Os demais, incluindo Azio, o imitaram em silêncio.

– Podem se levantar – Yaa voltou a falar, com voz doce e serena. – Sei que têm perguntas a fazer. E iremos a elas quando chegar o momento.

A mulher pegou um pequeno martelo de gelo e bateu suavemente em um gongo de prata, menor que sua mão. Quatro redemoinhos de vento e neve surgiram nas escadas à sua frente. Os flocos se adensaram e se juntaram, e do interior de cada redemoinho surgiu uma criatura de gelo. Eram os serviçais de Yaa. Com um aceno, a rainha pediu polidamente que preparassem comida para os visitantes. Enquanto diversas criaturas de cristais de gelo e neve corriam de um lado para o outro com comida em bandejas, Yaa falava para os quatro aventureiros, que permaneciam em pé diante do trono, sobre os desafios que haviam enfrentado.

– O primeiro de todos os testes foi superado por Azio – ela começou, para espanto de todos. – A ponte de pedra antes do templo é segura, mas apenas para aqueles que desejam o bem dos outros.

– Quando chegamos à ponte – falou Thagir –, Azio só pensava na segurança de Laryssa.

A princesa olhou com ternura para o autômato. Um estalo ecoou dentro do peito do ser de metal, mas ele permaneceu em silêncio.

– O segundo foi um desafio de confirmação – Yaa falou diretamente para Laryssa, que ficou surpresa. – Eu causei o desmoronamento de pedras. Se as intenções de Laryssa fossem malévolas, ela estaria condenada.

A princesa segurou a bolsa de couro, pensando no significado das palavras de Yaa. Kullat e Thagir se entreolharam em silêncio. A gentil senhora notou e sorriu para Thagir.

– O terceiro teste foi de harmonia. Alguém com confiança em si mesmo e não na arma que empunha. Além disso, era preciso escolher corretamente as gemas nas paredes – Yaa deu batidinhas na própria têmpora com o dedo gordo. – Isso demanda sabedoria.

– Os pistoleiros de Newho são assim, senhora – disse Thagir com humildade, sem pretender se fazer de especial ou arrogante.

– Eles podem ser grandes atiradores – retrucou Yaa –, mas poucos têm realmente confiança em si e sabedoria em relação às armas que usam. Essa é a diferença entre você e eles.

Um silêncio se seguiu. Yaa então se virou para Kullat.

– Kullat, sua prova foi a mais difícil de todas! – afirmou com um sorriso. – Principalmente para alguém com poder suficiente para segurar toneladas de rocha e salvar a vida dos amigos.

– Mas como é que você sabe disso? – perguntou Kullat.

A anciã riu e disse que sabia de muitas coisas. Laryssa e Thagir esboçaram um ar de dúvida, mas Yaa não deu atenção.

– Poder destrutivo! – continuou ela, após a interrupção de Kullat. – Alguém assim deve ser testado em situações em que certo e errado se misturam. A criatura no salão da caverna era na verdade o guardião da passagem.

– Se tentássemos abrir a porta sem prestar o devido respeito, ela se levantaria e acabaria conosco – concluiu Kullat.

– Muito bem! – a anciã sorriu. – Ela se levantaria e força alguma conseguiria matá-la. Seu teste foi contra todas as aparências, e ainda assim você fez o que pouquíssimos homens de poder igual ao seu fariam. Deu ao pobre monstro paz e serenidade, além de respeito por sua morte.

– Agradeço suas palavras, rainha – Kullat se inclinou em respeito.

Thagir sorriu, pois Yaa tinha razão. Durante as inúmeras missões que fizeram juntos, ele presenciara o poder de Kullat, mas nunca o vira tratar ninguém com arrogância.

– Estes, meus queridos – falou Yaa, sorridente –, foram os desafios dentro da montanha!

– E as cobras brancas que nos atacaram antes de subirmos pela coluna de pedra? – Laryssa perguntou.

– Na verdade – Yaa olhou para a princesa com carinho – aquele não é o único caminho para chegar até aqui. Mas, normalmente, quem consegue chegar até aquele salão quer descansar e recuperar as energias antes de começar a tarefa árdua de subir a coluna – ela balançou os ombros e continuou:

– Geralmente é o que ocorre. Mas hoje eu resolvi criar aquelas cobras de neve para incentivá-los a buscar energia dentro de si e começar a subir a coluna imediatamente.

– Bom – falou Kullat sorridente –, pelo menos chegamos a tempo de tomar o café da manhã.

Todos riram, menos Azio, que apenas piscou os olhos uma vez em vermelho.

– E por último os cipós, que confirmaram que a alma de cada um de vocês é pura – finalizou Yaa. – Enfim, aqui estão vocês. E, agora, a primeira das recompensas!

Yaa levantou o corpanzil e curvou-se diante dos visitantes, em sinal de respeito e admiração. Sem esperar, apontou para uma enorme porta branca, que se abriu sozinha, dando passagem para um amplo salão finamente enfeitado, com uma grande mesa branca coberta por um farto desjejum.

– Grande Khrommer! – Kullat exclamou, espantado. – Se eu soubesse que teria um banquete destes, eu mesmo colocaria todo mundo pra correr!

Todos riram novamente – até mesmo Azio, com sua voz metálica.

A História do Globo Negro

Durante a refeição pouco foi dito, pois estavam todos famintos, e também porque Yaa se recusara a responder qualquer pergunta naquele momento. Quando estavam satisfeitos, a Mãe de Todas as Fadas os conduziu até um grande salão circular e se sentou em um trono acolchoado, enquanto os demais se ajeitaram em confortáveis poltronas brancas. Ao centro, crepitava o fogo de uma lareira de cristal.

Foi Yaa quem quebrou o silêncio.

– Vocês conhecem a história de Dillys?

– Eu sei de algumas coisas – Laryssa comentou. – Dillys foi rei de Agas'B e foi quem criou o Globo Negro. De alguma maneira o objeto foi quebrado e suas quatro partes foram espalhadas pelo planeta. Mas é só isso que sei.

– Então, deixe-me aumentar seus conhecimentos – falou Yaa, recostando o corpo enorme no trono acolchoado. – Há séculos, existiu um rei em Agas'B com um olho negro e o outro verde. Ele era alto e tinha cabelos escarlates como os rubis. Seu nome era Dillys. Ambicioso, queria dominar outros reinos e criar um grande império. Associou-se a feiticeiros da longínqua ilha de Gue'Gan, a oeste de Bordina, para conseguir uma poderosa arma capaz de sobrepujar qualquer um que tentasse impedi-lo. O feiticeiro-mor de Gue'Gan era Bologgo, um homem pequeno na estatura, mas grande na maldade. Bologgo reuniu conhecimentos dos maiores magos da época e, misturando rocha, luz e escuridão, criou um artefato mágico.

– E assim deu ao rei Dillys poder para dominar outros reinos à força! – falou Kullat com seriedade. – Não seria a primeira vez que alguém faria algo ruim para construir algo ainda pior.

Laryssa olhou séria para Kullat. Não gostou do tom de sua voz, afinal estavam falando da história de seu reino, que um dia ela comandaria como rainha. Um barulho abafado ecoou pelo salão. Era Azio, que voltava a emitir estalos e ruídos. O autômato permanecia sentado, e seus olhos piscavam num tom de verde. Thagir perguntou se estava tudo bem, e o autômato acenou positivamente com a cabeça.

– Apenas procedimento de rotina, mestre – concluiu com neutralidade.

Yaa continuou a história com uma voz suave e agradável.

– Você está certo, Kullat. O artefato deu grande poder a Dillys. Poder para prever acontecimentos futuros, permitindo-lhe aprimorar a estratégia para as invasões. Suas armadas e seu exército também foram beneficiados, uma vez que a magia do objeto era usada para lhes conceder força e resistência acima do normal. Mas Bologgo era cruel e traiçoeiro! – a voz de Yaa ficou mais dura. – Sabendo que poderia ser dispensado após a criação da arma, garantiu magicamente que o rei fosse controlado pelo artefato. Assim, o objeto só funcionaria se estivesse misturado com a Maru do soberano, a alma em forma de carne e sangue. O ritual de criação do artefato obrigava o rei a deixar uma parte de seu corpo na fusão, e, quanto mais importante fosse o pedaço do corpo, mais forte seria a magia. Sem pensar e sem emitir um ruído de dor sequer, Dillys arrancou com a própria faca o olho negro e o jogou no caldo efervescente e sanguinolento. A partir daquele momento, o artefato ficou conhecido como Globo Negro, por causa do olho negro de Dillys.

Laryssa estava compenetrada e esboçava, vez ou outra, uma expressão de espanto. Yaa tinha os olhos fixos nela, causando na princesa uma desagradável sensação de estar sendo vigiada. Para ignorar tal sentimento, ela passava a mão na pesada bolsa de couro que continha os quatro fragmentos do Globo Negro.

– E o sacrifício valeu a pena? – perguntou Thagir.

– Essa é uma pergunta que apenas o próprio Dillys poderia responder – Yaa falou, com tristeza no olhar. – Sei apenas que, várias vezes, o poder do Globo Negro trouxe vitórias ao soberano. Nenhum inimigo jamais conseguiu derrotá-lo em batalha. Kalclan e seu porto foram tomados sem esforço, da mesma maneira que a cidade de Asys. Vários homens e mulheres morreram sob seu comando. Os dominados eram jogados à pior sorte, torturados e abandonados para passar fome e frio. Outros serviam para divertir Dillys em combates mortais. Confiante, o rei jamais percebeu que havia um inimigo poderoso em sua vida. E esse inimigo estava justamente ao seu lado.

– O feiticeiro-mor? – perguntou Kullat.

– Não, meu caro Kullat – Yaa respondeu balançando a cabeça. – Dillys também não confiava em Bologgo, e o feiticeiro não tinha acesso ao artefato. Quem é que poderia estar próximo do rei sem que ele jamais pensasse em traição?

– A rainha! – exclamou Thagir com surpresa.

– Exatamente. A rainha Zíria cansou de ver o marido causar dor e sofrimento ao povo e preparou uma estratégia para roubar o Globo Negro e destruí-lo. Após misturar uma poção sonífera no vinho do rei, Zíria utilizou uma adaga de prata encantada, roubou a chave, que estava escondida sob a pele da mão do marido, e abriu a porta mágica de aço, chegando ao salão onde Dillys guardava o precioso artefato. Mas, assim que ela retirou o Globo Negro do pedestal, Bologgo apareceu como uma névoa.

Yaa estava séria. Ela levantou o dedo gordo e o apontou para Laryssa, que involuntariamente se encolheu.

– Com seus olhos vermelhos, Bologgo apontou um dedo magro em direção à rainha Zíria e lançou um raio escarlate mortal. Reagindo por instinto, Zíria puxou a pedra junto ao peito, tentando se proteger. O raio acertou em cheio o Globo Negro e causou uma explosão que devastou toda a ala sul do castelo – Yaa terminou a fala abrindo os braços, como se mostrasse algo imenso. – O Globo Negro se quebrou em quatro fragmentos. O tempo e os filhos de Zíria se encarregaram de separá-los e espalhá-los pelo reino de Agas'B.

Laryssa não imaginava que o Globo Negro tivesse uma história de traição e ganância. Em sua busca, imaginava que o objeto havia sido utilizado para garantir a união e o bem-estar do reino. A princesa sentiu como se um grande peso fosse colocado em suas costas.

– Então – disse Kullat, recolhendo suas vestes brancas com as mãos enfaixadas –, a questão mais importante é: Por que o rei Kendal quer o Globo Negro?

A pergunta pegou Laryssa de surpresa. Sentiu os olhos de Yaa pousarem sobre ela e uma desagradável sensação de culpa depois da pergunta de Kullat. Durante anos treinara em segredo para conseguir achar o último fragmento. Era a única que sabia como encontrá-lo. Fugira do castelo de Kendal para procurar a peça e, quando finalmente a encontrara, lutara contra seres estranhos do interior do planeta, com o feiticeiro Sylar e também com os soldados híbridos de Chibo, e tudo aquilo porque seu maior desejo era entregar o Globo Negro a seu pai. Porém a pergunta de Kullat a deixou cheia de dúvidas, e com elas vieram a frustração e a raiva.

– Meu pai quer o Globo para servir melhor seu povo! – exaltou-se Laryssa. – Ele nunca o usaria para conquistar outros reinos ou mundos. Jamais faria nenhum mal com ele – a princesa levantou-se e começou a andar pelo salão, enquanto falava alto e gesticulava. – É um insulto pensar assim!

A reação de Laryssa surpreendeu Kullat e Thagir. Apenas Yaa não ficou espantada com as palavras da princesa. O peito de Azio voltou a emitir alguns ruídos e estalos, com um barulho abafado, mas ele não disse nada.

– Vocês não podem julgar o rei dessa maneira – a princesa continuou, parando na frente de Kullat. – Meu pai jamais trairia seu povo!

– Não estamos julgando ninguém – respondeu Thagir com cautela. Não queria criar desavenças entre eles, principalmente porque sabia que não conseguiria respostas com isso. – Apenas gostaríamos de saber por que o rei Kendal procuraria um artefato tão perigoso.

– Por que não perguntam a Sylar o que ele faria com o Globo? – berrou Laryssa, em fúria. – Por que não perguntam seus motivos sangrentos?

Após sua explosão, Laryssa lançou um olhar cansado para o pistoleiro e fez menção de continuar com sua defesa, mas balançou a cabeça e suspirou profundamente. Muitas coisas haviam se passado até ela chegar a este ponto. Queria apenas terminar aquilo e tornar-se uma futura rainha de valor para seu reino. Sabia que seu pai jamais faria algo monstruoso, mas não conseguia passar essa segurança aos Senhores de Castelo. Agarrou a pesada bolsa, como se Kullat ou Thagir fossem tomá-la, e sentou-se, ainda zangada.

Ninguém disse uma palavra por alguns momentos; apenas o som abafado de Azio zumbia no salão.

– Muito bem. Os motivos de Kendal só ele saberia esclarecer – Yaa falou com suavidade. – Se a princesa Laryssa se dispôs a correr todos os perigos que correu, seus próprios motivos devem ser íntegros! – e, sem esperar por respostas, continuou:

– E eu, Yaa, Mãe de Todas as Fadas, regente do castelo flutuante de gelo, posso atestar que seu pai, Laryssa, é uma das pessoas mais bondosas de todo este planeta, e que as intenções dele são as melhores possíveis.

A princesa olhou para Yaa com espanto. Seus lábios formaram a palavra "obrigada", mas nenhum som saiu de sua boca. Mais calma, ela relaxou na poltrona. Kullat e Thagir ficaram em silêncio e apenas se entreolharam, como de costume.

– Mas vocês não vieram aqui para conhecer o passado – disse Yaa, depois de suspirar longamente. – A outra pergunta que está na mente de vocês talvez seja uma das mais importantes – ela falou com seriedade. – Como ativar o Globo Negro. Foi por isso que vieram, não foi?

Laryssa concordou com a cabeça. O motivo real de sua chegada até o Castelo de Gelo era exatamente este: saber como ativar o Globo.

– Da mesma forma como foi criado – a voz de Yaa estava carregada, como se falasse algo proibido –, o Globo Negro requer um sacrifício físico para ser ativado. Antigos versos diziam: "Sangue do rei para unir e sangue da rainha para reviver!" – e, fazendo um gesto incisivo, disse:

– Não se esqueçam disso! Se o sangue derramado não for de uma pessoa da verdadeira realeza de Agas'B, o reino inteiro sofrerá com catástrofes e desastres monstruosos.

A ênfase que a Mãe de Todas as Fadas colocou nesse ponto chamou muito a atenção de Thagir e Kullat. Apenas a princesa não pareceu preocupada, afinal tinha sangue real, assim como seu pai. Se, em nome do bem-estar de seu povo, ela e o pai precisassem fazer algum sacrifício, desde que não fosse a própria vida, ela estaria disposta a seguir até o fim. Embora o rei a tivesse criado sozinha, pois a rainha morrera quando Laryssa era pequena, a princesa sempre entendeu o papel da monarquia em sua vida e seu lugar como futura rainha de Agas'B.

Yaa explicou ainda que as peças deveriam ser unidas em um ritual durante a lua crescente. Os quatro fragmentos, quando unidos, formariam um pequeno orifício no centro, por onde o sangue real deveria ser derramado. Uma vez completo, o Globo deveria ser banhado pela lua, enquanto o antigo encanto de restauração fosse lançado. No fim, o Globo Negro estaria novamente inteiro e ativo.

– Mas talvez seja impossível reativar o poder do Globo – Yaa falou com sinceridade. – A última pessoa que poderia conhecer o feitiço de restauração seria Azur, um dos últimos mestres feiticeiros de Gue'Gan. Mas ele morreu há mais de cem anos.

Então foi tudo em vão?, pensou Laryssa, com a decepção e a dúvida estampadas no rosto. *Não pode ser! Deve haver alguma maneira de conseguir esse feitiço!* Então, sorrindo para si mesma, a princesa retomou a confiança. *Se tiver de ir até Gue'Gan para conseguir o feitiço, então eu irei!* A princesa enfim se tranquilizou, pois tinha a sensação de que, de alguma forma, o poder do Globo Negro seria libertado.

DÚVIDAS

Laryssa apertou a bolsa onde estavam as quatro partes do Globo Negro com confiança renovada. Pensou até em acabar com aquela conversa e ir descansar, longe dos questionamentos dos dois Senhores de Castelo.

– Se me permite – Kullat estava sério –, tenho outras dúvidas que gostaria de esclarecer.

– Responderei se puder – Yaa disse com um gesto.

– A senhora sabe quem é Sylar? – ele perguntou.

– Um assassino – sibilou Laryssa. – Um maldito assassino, isso é o que ele é! Matou meu amigo Noiw com sua magia negra.

Yaa encarou friamente a princesa, que baixou o olhar com raiva.

– Sylar... – murmurou a rainha, fechando os olhos como se recordasse algo. – Ele tentou tomar o trono várias vezes durante o reinado de Kendal. Ficou desaparecido por anos, e alguns diziam que havia saído de Agas'B. Outros falavam que fora atrás de artes proibidas em planetas distantes, com o objetivo de subjugar Kendal e expulsá-lo do trono. Fazia muito tempo que eu não ouvia falar dele, até que um rumor chegou aos meus ouvidos dizendo que Sylar havia sido visto com o povo Maiole, na bacia Iori – disse Yaa. – Mas eram apenas rumores.

– Maiole? – questionou Thagir. – Que povo é esse?

– Os Maioles são um povo recluso, que evita contato com outras raças – Yaa respondeu. – Vivem da natureza e do que ela provê. A bacia Iori é o lar perfeito para eles, pois, além de oferecer muita água para esses seres de características anfíbias, também é uma fortaleza natural. A bacia fica ao sul de Bordina e é cercada por uma cadeia de montanhas. A entrada se dá somente pelo rio Ior, de correntezas fortes e perigosas. Se Sylar estiver mesmo com eles, então está muito bem protegido – ela concluiu em voz baixa, dando a entender que o assunto estava encerrado.

– No templo de Dipra – disse Kullat, após alguns momentos de silêncio – havia desenhos que representavam uma mulher no topo de uma montanha. A história me pareceu ser a de um homem que escala a montanha para chegar à mulher e com ela criar luz. Essa luz seria um filho?

– Sim, caro Kullat – respondeu Yaa, um pouco mais animada. – É uma imagem que representa a união entre fadas e homens. Em determinado tempo, algumas fadas são levadas ao mundo dos homens para aprender sobre a raça humana e entendê-la. Essa aproximação se deve ao fato de que todos, humanos, fadas e demais seres abaixo do firmamento, são regidos pelas mesmas regras da vida. A natureza tem seu próprio equilíbrio, e nenhuma raça, por mais poderosa que seja, deve ver sua existência como o centro de tudo. Estamos em constante troca com o ambiente e com as demais forças do mundo.

– Sim, é verdade – concordou Kullat. – Os mundos são entrelaçados pelos Mares Boreais, que renovam e revitalizam a essência divina de tudo que tocam.

Thagir apenas ouviu. Kullat conhecia o amigo o suficiente para saber que suas crenças eram diferentes e que sua noção de fé não envolvia seres como deuses. Apesar de terem crenças diferentes, isso jamais causou discórdia, pois no fim acreditavam em si mesmos e confiavam um no outro, a ponto de arriscarem a própria vida por essa amizade.

A Mãe de Todas as Fadas olhava para os homens à sua frente com curiosidade. Havia conhecido seres fantásticos em seus quase quatro mil anos de existência. Vira impérios florescerem e desaparecem, com seus heróis e vilões. De todas as criaturas vivas, os Senhores de Castelo sempre foram os mais impressionantes expoentes de sabedoria e dignidade. Guardiões dos Mares Boreais e pacifistas, compreendiam seu papel na vida e eram gratos por ela.

– Como todos os outros, estamos sujeitos às mesmas regras – continuou Yaa, com um aceno. – As fadas também conhecem o amor. E, algumas vezes, esse sentimento é por um humano. Dessa união, seres mágicos são gerados. As fadas voltam aqui, ao castelo acima do mundo dos homens, para dar à luz. As crianças, porém, são devolvidas ao mundo dos humanos, para crescer e aprender com eles. Somente com a maturidade reconhecem sua verdadeira natureza. Algumas se tornam homens de grande coragem e valor, guerreiros inestimáveis aos reinos. Outras preferem o sacerdócio e passam a vida em templos, tentando desvendar mistérios e sonhos. As mulheres seguem a mesma trilha. Algumas, contudo, preferem viver aqui.

– Faz sentido! O homem deve escalar a montanha para ser merecedor da mulher. Muito justo conosco! – disse Kullat com uma risada.

Yaa riu da espontaneidade do cavaleiro e concordou com um leve gesto das mãos gordas. Thagir e Laryssa também riram, enquanto Kullat gesticulava como se estivesse escalando uma montanha.

– Eu também tenho uma pergunta – Thagir se inclinou para frente, olhando para Yaa. – Por que a senhora é chamada de Mãe de Todas as Fadas?

– É uma longa história! – ela respondeu, ajeitando o corpo volumoso no trono e falando com uma voz doce e cativante. – Antigamente, antes de esses reinos que nos cercam existirem, havia apenas um punhado de ilhas flutuantes que vagavam pelos oceanos deste planeta. Em uma dessas ilhas, viviam seres de uma civilização naturalmente mágica e com grande integração harmônica com a Maru das outras criaturas do mundo. Certa vez meu pai, um velho aventureiro, partiu comigo em seu pequeno barco até uma terra muito distante, com enormes montanhas cujo cume era cercado eternamente por nuvens. Dizia a lenda que quem alcançasse o topo de uma delas encontraria o mais rico de todos os tesouros. Mas, exatamente no dia em que chegamos ao cume de uma das montanhas e entendemos que o tesouro era o prazer de conquistar todos os obstáculos sem nunca desistir, vimos o céu ser rasgado por uma enorme bola de fogo – suspirando vagarosamente, ela continuou:

– Aquela rocha flamejante sumiu no horizonte e caiu diretamente no oceano, gerando uma onda gigantesca que devastou muitas e muitas ilhas. De meu povo, só restamos meu pai e eu. Isso foi há mais de três mil anos. Nós viajamos sem rumo pelas várias ilhas deste planeta até encontrar esta terra, onde existiam tribos de seres não tão civilizados, mas ainda assim era melhor viver entre elas do que definhar na solidão. Meu pai me ensinou os segredos da magia e da integração harmônica com a Maru. Ele ainda viveu comigo por muitos séculos, mas, como toda criatura viva, faleceu e eu fiquei sozinha. Depois de sua morte, criei este lugar utilizando meus conhecimentos de magia. Deste castelo vi essa civilização crescer e se desenvolver. Em minhas viagens pelos reinos desta terra, conheci inúmeras pessoas e, quando estava pronta para amar e ser amada, me uni a um homem muito bondoso. Ao longo dos trezentos anos em que vivemos juntos, tivemos vários filhos e filhas. Nossos descendentes também se uniram a seus amores e tiveram seus próprios filhos. E também estes o fizeram, gerando uma grande família de seres mágicos. Dessa forma, fiquei conhecida como a Mãe de Todas as Fadas.

Yaa terminou sua história com um sorriso de alegria, além de uma lágrima cristalina de saudade que lhe escorreu pelo rosto, virou um floco de neve e voou pelo salão.

– Obrigado. Foi muito gentil compartilhar uma história tão bonita conosco – disse Thagir, emocionado. – Quando voltar para casa, contarei essa linda história às minhas filhas.

– Foi realmente lindo – Laryssa falou com os olhos marejados e sem nenhum sinal de raiva.

Depois, Yaa se despediu e os encaminhou aos aposentos para que descansassem, pois haviam passado a noite dentro da montanha. Cada um foi levado a um quarto de cristal e gelo, onde repousaram em camas transparentes e acolchoadas, cobertas com grossas e macias mantas de lã branca.

Passaram-se dois dias desde a chegada do grupo ao Castelo de Gelo. Durante a estadia, Yaa os tratou com grande cortesia e especial atenção. Foi assim que conheceram alguns de seus descendentes e outros seres que viviam no castelo. Também visitaram os jardins de gelo, onde viram estátuas e fontes de água cristalina.

Uma das esculturas, de bronze com adornos de prata, chamou a atenção de Thagir. Era um homem magro e alto, de chapéu, sobretudo, uma grande pistola na mão esquerda e uma espada na direita. No peito havia um símbolo circular, com duas cabeças de lobo que se encaravam. Yaa disse que era uma homenagem aos homens armados de Omicron, terra devastada pelas inúmeras guerras entre clãs.

– Os lobos de Omicron – ela concluiu.

Outra estátua também despertou o interesse dos visitantes. Tratava-se de um ser metálico muito parecido com Azio, de corpo humanoide, porém o peito era transparente, revelando engrenagens e fios desenhados no metal por trás do tórax de vidro. Segurava em uma das mãos uma rosa e, na outra, um pergaminho aberto. A cabeça estava voltada para cima, como se contemplasse o céu.

– Este foi Kazzi – Yaa falou orgulhosa, com um gesto em direção à estátua –, o poeta das três leis.

– Um autômato poeta? – Laryssa perguntou com espanto.

– Sim, princesa. Foi o maior poeta dos reinos em que a magia tem o nome de tecnologia. Ele viveu antes da destruição do planeta Binal. Seus escritos até hoje são referência em vários assuntos. A rosa representa o sentimento, e o pergaminho, a palavra. Foram suas três leis que regeram, durante muito tempo, as ações dos seres robóticos nos mais diversos mundos.

Embora estivessem admirados e agradecidos por todos os cuidados recebidos durante sua breve estada, Kullat e Thagir sabiam que deveriam retomar sua jornada rumo ao reino de Kendal e levar a princesa com segurança até o castelo. Com essa tarefa em mente, solicitaram a ajuda de Yaa, que prontamente mandou alguns criados trazerem quatro pallóns.

Os forasteiros acompanharam a velha senhora até a frente do majestoso castelo. Assim que chegaram às escadarias, quatro grandes seres apareceram no céu – eram as pallóns que Yaa havia solicitado. Planando com elegância e ritmo, batiam as enormes e suaves asas, brilhantes e coloridas, e aterrissaram a poucos metros do grupo. Laryssa olhou fascinada para os belos animais. Assemelhavam-se às pequenas borboletas que viviam no bosque perto do castelo em Kendal, mas eram muito maiores e mais bonitos. Tinham o corpo delgado e escuro, sem pescoço, com a cabeça redonda ligada diretamente ao tronco, de onde despontavam duas hastes compridas e finas. Grandes olhos circulares os observavam com atenção. Do tronco estendiam-se quatro pares de patas finas com pelugem curta e cinza. Dois pares de asas membranosas, superiores e inferiores, com a borda marrom e o centro amarelo e verde-claro, surgiam do tronco das criaturas. Semitransparentes, refletiam a luz em um belíssimo colorido, como se trocassem de cor a cada movimento.

– Com elas vocês poderão voar até a cidade de Kendal – afirmou Yaa. – Se partirem após o almoço, chegarão ao anoitecer.

Kullat agradeceu o convite, dizendo que seria um prazer e uma honra almoçar no Castelo de Gelo mais uma vez.

Pântano e Areia

Os quatro aventureiros almoçaram com a rainha e, após calorosas despedidas e agradecimentos, já estavam sobrevoando as terras verdes. As pallóns voavam em uníssono, mantendo a mesma velocidade e o mesmo ritmo no bater das asas, como se fossem uma única criatura.

Após algum tempo de voo, eles avistaram pequenos lagos marrons que indicavam, à direita, o início do pântano Muko. Alguns quilômetros mais adiante, além do gramado verde e dos lagos, vários pontos claros começaram a surgir na paisagem. Eram diminutas dunas carregadas pelos ventos do deserto longínquo, à esquerda dos viajantes.

A viagem seguia tranquila e o céu estava claro. Kullat olhava ao longe para o distante estreito de Or quando um borrão marrom passou voando na sua frente. Um instante depois outro borrão, vindo de baixo, atingiu a pallón de Laryssa. A criatura emitiu um estranho som, mas não se desequilibrou com o impacto. Antes que pudesse entender o que estava acontecendo, a princesa sentiu novamente uma pancada, que a fez agarrar com força a bolsa de couro, para proteger os fragmentos do Globo Negro. Depois outra pancada. E mais outra. Sua montaria emitiu sons como se fossem gemidos e começou a descer, perdendo altitude rapidamente.

Kullat ouviu, sem entender, Azio gritar "Mellogs" quando o autômato começou sua descida para resgatar a princesa, enquanto ele e Thagir olhavam para baixo, procurando a origem do ataque.

Um borrão passou raspando pela cabeça de Thagir, que se esquivou com um ligeiro movimento. Com o poder do Coração de Thandur, seus olhos brilharam e, voltando-se para o solo, conseguiu identificar seus oponentes.

– Lá embaixo! – gritou para Kullat, com o braço estendido.

– Não vejo nada! – respondeu o outro.

Thagir havia esquecido que Kullat não possuía sua visão aguçada. Fez um sinal para se aproximarem mais do que quer que os estivesse atacando. Enquanto desciam, viram Azio manobrar no ar sua montaria e dar suporte a Laryssa. Ambos planavam em direção ao solo. Nesse momento, uma saraivada de borrões invadiu o ar, forçando-os a desviar e a manobrar as pallóns com habilidade. Conforme chegaram mais perto do solo, Kullat conseguiu ver melhor seus adversários. Eram quatro ciclopes enormes, postados ao lado de três carroças de madeira, cada uma puxada por um imenso roedor de pelo sujo. Uma delas servia de base para um grande caldeirão cheio de um líquido gosmento, parecido com barro.

Os ciclopes gigantes pegavam o barro do caldeirão com as quatro mãos e o arremessavam em direção ao céu. Desferiram outro ataque, e dessa vez não houve como desviar. A montaria de Kullat foi atingida por quatro bolas de barro, que grudaram nas asas e no abdômen da pallón e, então, começaram a borbulhar, como se estivessem fervendo. Kullat olhou com espanto enquanto a massa de barro ganhava forma. Dois pequenos braços surgiram, seguidos de duas pernas grossas e curtas, até que uma criatura

Mellogs, criaturas mágicas criadas para transpor muralhas e conquistar cidadelas.

humanoide de cerca de vinte centímetros tomou forma e pulou gritando em cima do cavaleiro, com os bracinhos estendidos e as mãos em forma de garra. O homenzinho de barro o atacou com mordidas e arranhões, derrubando-o da montaria. Enquanto caía, Kullat viu que Laryssa e Azio já estavam no chão. Olhou também para Thagir, que se debatia com três das criaturas de barro. Kullat rapidamente soltou um raio branco em seu oponente, fazendo-o explodir no ar, para então se concentrar em voar em direção ao amigo.

O pistoleiro fora lançado para trás com a força das bolas de barro e estava em queda livre. Os homúnculos marrons o mordiam e arranhavam, agarrando-se a ele com força. Uma luz pérola arrancou os pequenos inimigos de seu corpo, e as mãos brilhantes de Kullat o pegaram pela gola da casaca verde.

Quando Kullat aterrissou com Thagir, eles perceberam que estavam com grandes problemas. Os ciclopes gigantes, com quatro fortes braços cada um, estavam prontos para guerrear. Um deles já estava em combate com Azio e Laryssa. Sem perder tempo, o pistoleiro evocou sua arma dourada e atirou as nove balas contra os ciclopes, mas não causou nenhum dano. Kullat acertou um deles com uma rajada de força na cabeça, fazendo a criatura desmaiar imediatamente. Os demais gigantes cambalearam para trás com as bolas de energia que receberam no peito, mas recuperaram rapidamente o equilíbrio. Um deles pegou atrás da carroça dois enormes porretes de madeira. Outro pegou uma corrente grossa com algemas nas pontas e a girou sobre a cabeça, urrando violentamente.

– Agora você os irritou! – gritou Thagir, ao ver os passos pesados e lentos das enormes criaturas que vinham em sua direção.

Kullat não estava prestando atenção. Acabara de ver Laryssa tentando, em vão, ferir as pernas do outro ciclope com sua espada. Azio já estava em módulo de combate, atirando contra o couro duro e escamoso daquele ser, que não parecia desistir nem se machucar com os disparos. A enorme criatura lutava com fúria em meio às balas, gritando e sacudindo os braços. Kullat percebeu que o gigante protegia o olho com o braço toda vez que os projéteis voavam em direção à sua cabeça.

– Acerte o olho dele! – gritou para Azio.

O autômato piscou os olhos num tom de verde, em sinal de entendimento, e mirou o enorme globo ocular do gigante. Os tiros penetraram facilmente, espirrando sangue na vegetação rasteira da planície, enquanto o gigante caía morto. Os outros dois ciclopes lutavam violentamente com Thagir e Kullat, tentando acertá-los com suas armas primitivas. Um deles teve o olho vazado pela lâmina do bastão do pistoleiro e, em seguida, foi morto com um tiro direto na cavidade ocular. Kullat concentrou um fino raio de energia que perfurou o olho do terceiro gigante, fazendo-o cair pesadamente contra o solo.

Laryssa e Azio voltaram a se juntar aos Senhores de Castelo. Teriam comemorado, mas quatro borrões marrons passaram por eles com a velocidade de um raio. Era o último ciclope, que acordara da primeira rajada de Kullat e começara a atirar bolas de barro freneticamente contra eles. Cada bola que caía no chão gerava um homúnculo. Em questão de segundos, os quatro amigos foram atingidos pelos pequenos seres. Dezenas os atacavam, mordendo e arranhando com ferocidade. Kullat chutava e socava a massa disforme, que logo se restaurava.

Thagir atirava, acertando sempre o alvo, mas seus tiros apenas espalhavam momentaneamente o barro. As pequenas criaturas se refaziam quase que imediatamente.

Azio e Laryssa tentavam afastar os homúnculos com a espada da princesa e pancadas de força, sem sucesso. Kullat começou a disparar pequenas bolas de energia. Não queria machucar seus amigos, portanto tinha que dimensionar muito bem seu ataque. As bolas explodiam em contato com os seres de barro, espatifando seus corpos e deixando restos de terra seca espalhados pelo chão. Percebendo isso, Thagir fez seu revólver dourado sumir, e em seguida sua mão direita foi tomada de um brilho azulado. Como todas as vezes em que ele evocava uma arma com a Joia de Landrakar, sua mão pareceu sumir em meio à luminosidade colorida. Logo que o brilho se apagou, uma nova arma surgiu, um cano quadrado de metal prateado reluzente e em formato de U, preenchido por uma espécie de fumaça azulada. Não possuía cão nem tambor. Parecia pesado, e estranhas luzes brilhavam em círculos na ponta oposta à coronha.

– Uma arma de Binal! – a voz metálica de Azio estava cheia de surpresa. Jamais pensara que veria novamente uma pistola binaliana.

Thagir apertou o gatilho. No lugar de balas, a arma produzia um raio azul quente e rápido, acompanhado de um zumbido baixo e estranho. Mas o instrumento era eficaz, assim como as bolas de energia de Kullat, destruindo rapidamente os homúnculos.

O último gigante, percebendo que os homúnculos estavam sendo derrotados, olhou para o caldeirão ao seu lado e com um movimento brusco o derrubou, fazendo com que a gosma marrom se espalhasse pelo chão. O líquido começou a tomar corpo e a borbulhar, como se vários homúnculos estivessem brigando ali dentro. O gigante berrou alguma coisa em uma língua desconhecida e gesticulou, como se estivesse fazendo encantos de magia. Como uma enorme lesma, o líquido começou a rastejar. O gigante urrou, e a gosma começou a se juntar e a crescer. Os companheiros notaram que os homenzinhos que os atacavam começaram a recuar e a correr em direção à massa, que agora parecia uma gigantesca bola de barro. Um a um, as dezenas de homúnculos pularam na massa de lama, aumentando seu volume e altura. Conforme ela se deslocava sobre os homúnculos destruídos, seus restos eram incorporados. Quando passou por um pequeno lago pantanoso, o absorveu também.

A massa mole agora era gigantesca, e continuava a crescer e a se deslocar em direção aos apreensivos Senhores de Castelo.

Thagir disparou algumas vezes contra aquele ser, mas seus raios não conseguiram fazer grande estrago. Azio também tentou, em vão, causar algum dano à criatura com sua arma de energia. Kullat emitiu duas grandes bolas azuis, mas tampouco conseguiu deter o avanço daquela massa disforme, que chegava cada vez mais perto. Depois que uma pequena duna foi absorvida, a coisa começou a tomar forma, assemelhando-se agora a um cilindro, cuja base se dividiu em duas longas partes. Na ponta superior uma bola se formou e, no meio da massa, surgiram quatro apêndices. Quando a transformação terminou, o resultado foi assustador. Diante deles estava um imenso ser humanoide de quatro braços e quase dez metros de altura.

– Um Mellog gigante! – disse Azio, com um estalo no peito. – Meus sensores dizem que é muito forte e pesa em torno de duas toneladas.

– Muito obrigado pelas informações – Kullat falou com ironia.

Urrando com a boca cheia de lama e areia, o gigantesco Mellog ergueu os braços e bateu com força no chão, causando um tremor que desequilibrou o grupo. O impacto também criou uma pequena tempestade de areia e terra. Kullat, Laryssa e Thagir fecharam os olhos para se proteger. Azio correu para perto do monstro e emitiu um zumbido alto. Suas costas se abriram, e do ombro direito surgiu um canhão. Ele atirou duas vezes no gigante, abrindo buracos em um de seus braços. Recuperados, Thagir e Kullat também atacaram, este com rajadas de energia que saíam dos pulsos e aquele com a pistola binaliana. Os disparos atingiam o gigante, mas não retardavam seu avanço. Os buracos se fechavam rapidamente. Virando-se para Azio, que atirava com o canhão sem parar, o enorme Mellog girou rapidamente o tronco e dois de seus braços atingiram o autômato com violência e força impressionantes, levantando uma quantidade enorme de areia no ar. No meio da nuvem de poeira, o corpo dourado de Azio jazia estendido no chão. Faíscas e fios saíam de suas articulações.

– AZIO! – Laryssa gritou e tentou correr em sua direção, mas foi impedida por Kullat.

O imenso Mellog voltou sua atenção ao trio restante. Urrando de raiva, levantou os quatro braços com a intenção de dar um novo golpe e esmagar seus minúsculos oponentes.

Vamos morrer, pensou Laryssa ao ver os punhos colossais descerem em direção a eles. Fechou os olhos em prece e esperou o impacto que lhe tiraria a vida. Um barulho ecoou em seus ouvidos, e ela abriu os olhos, surpresa. Uma redoma azul de energia a protegia.

– Kullat! – murmurou, ao vê-lo com os braços para cima. Através de suas mãos brilhantes, uma luz azulada formava uma espécie de campo de força que barrava os poderosos golpes do gigante.

Com um urro de frustração, o colosso começou a golpear cada vez mais forte a redoma. Os quatro braços de barro e lama castigavam furiosamente a barreira de energia, atingindo-a com punhos que pareciam ser da mais dura rocha. Mas o campo de proteção não cedia.

– Não sei quanto tempo ainda vou aguentar... – disse Kullat entre dentes cerrados.

Thagir percebeu que o manto do amigo começava a perder a forma espectral, o capuz já não lhe escondia o rosto e novamente saía sangue de seu nariz e ouvidos. Então o pistoleiro puxou um dos bastões de suas costas e pressionou o botão que liberava a lâmina de espada, retirando rapidamente o bracelete direito.

O rosto de Kullat gotejava de suor e o corpo todo tremia violentamente. Sem hesitar, Thagir colocou o bracelete no pulso do amigo. Com um golpe potente e preciso de sua lâmina, o pistoleiro acertou exatamente o centro da Joia de Landrakar. Uma explosão de luz o derrubou na areia. Kullat teve uma estranha sensação, como se seu corpo estivesse recarregado de luz e magia, que percorriam cada célula, curavam cada ferimento, devolviam sua energia vital e lhe concediam poder quase ilimitado. Seu manto voltou ao estado espectral.

Laryssa via incrédula a energia girar em torno de Kullat, como se centenas de vaga-lumes prateados dançassem ao seu redor. Seus olhos brilharam intensamente sob a escuridão do capuz e, com um movimento decidido, ele levantou o tronco e fechou os punhos, encolhendo os braços para junto do corpo. Parecia que ia explodir com tanta energia. Uma luz quente emanava de sua pele, e as faixas das mãos praticamente desapareceram sob o fogo branco, que agora estava na altura do cotovelo. Com o corpo todo brilhando, ele levantou os braços em direção ao gigante e deu um grito violento. Um clarão branco e intenso tomou conta da paisagem. Se um viajante passasse por ali naquele momento, teria visto um gigantesco raio de luz subir aos céus, iluminando quilômetros de extensão com seu brilho.

Laryssa fechou os olhos por causa da intensa luminosidade. Quando os abriu novamente, não acreditou no que via. Em uma área circular de uns trinta metros, o solo de areia havia se convertido em vidro. Ela olhou para os lados e percebeu que o gigantesco homem de barro também havia se transformado em uma colossal figura vítrea no meio da planície desértica. Ainda surpresa, viu Thagir apoiado em Kullat e percebeu que os dois sorriam.

– Impossível! – ela exclamou ao abraçá-los.

– Nada é impossível, princesa! – retrucou Kullat.

Um urro de ódio os alertou para o perigo que ainda existia. O último dos ciclopes, percebendo que sua criação tinha sido destruída, começou a atacá-los com machados e porretes nas quatro mãos. Thagir e Laryssa tomaram posição de combate, mas Kullat não se moveu, ficou somente aguardando a chegada do gigante. Quando o ciclope estava a apenas três metros, Kullat ergueu as duas mãos com as palmas voltadas para frente e, emitindo uma luminosidade azulada quase transparente, gerou uma parede de luz, que fez seu oponente se chocar violentamente e cair em meio a faíscas. Girando a palma das mãos uma de frente para a outra, a parede se transformou em uma bola que envolveu o ciclope. Por mais que se debatesse e esmurrasse, a criatura não conseguia se desvencilhar de sua prisão.

Kullat olhou friamente para o ciclope dentro da esfera luminosa. Com um movimento suave, uniu os dedos anelares, indicadores e polegares das duas mãos. A bola de energia então se transformou em dois anéis energéticos, que prenderam os quatro braços do ser junto ao gigantesco corpo. Com um gesto brusco, o cavaleiro separou as mãos, e o finíssimo e quase invisível fio que o ligava aos anéis se rompeu em fagulhas multicoloridas. Contudo, as correntes energéticas se mantiveram.

– Mas... como você fez isso? – perguntou Thagir, incrédulo.

Um sorriso de Kullat foi a única resposta. Sentia-se bem, apenas um pouco zonzo. Retirando o bracelete do pulso, olhou para Thagir e o devolveu respeitosamente ao dono.

– Devo dizer que você foi o verdadeiro herói desta história – disse Kullat ao devolver a joia.

O pistoleiro apenas sorriu e olhou carinhosamente para o bracelete. A Joia de Landrakar estava trincada e opaca. Retirou a pedra da pulseira que se desfazia em pedaços e a colocou silenciosamente em um dos bolsos da calça.

– Vai dar para consertar? – perguntou Kullat, inquieto.

– Não se preocupe – Thagir respondeu com tristeza. – Foi um sacrifício necessário.

Os três deixaram o ciclope sentado e correram até Azio. Laryssa chorou ao ver o amigo. O autômato estava praticamente destruído, com fios soltos emitindo faíscas. Um olho estava totalmente quebrado. O tronco era agora metal retorcido, com várias rachaduras. As armas saíam dos braços, como fraturas expostas. Kullat se abaixou para analisar melhor, mas Laryssa o impediu com um gesto. Em seguida, pegou a cabeça do androide entre as mãos e apertou um botão em sua nuca. O olho que restava piscou fracamente.

– 0101%%%... 01%01%... 010101... – o som era débil, mas fez a princesa sorrir.

– Ele vai se recuperar! – ela disse com alegria, limpando as lágrimas dos olhos.

Kullat não escondeu a surpresa, afinal o ser de metal estava quase totalmente destruído.

Interceptação

Thagir recolheu Azio em uma sacola improvisada, feita com o manto de Kullat. Assim que deixou o corpo do Senhor de Castelo, o tecido perdeu o brilho, tornando-se um grande pedaço de pano branco comum. Kullat fez um gesto com as mãos e um novo tecido espectral surgiu, cobrindo-lhe o corpo.

– Estamos próximos do estreito de Or – disse Laryssa, mostrando as cadeias de montanhas a leste e a oeste, que deixavam a passagem livre a uma considerável distância à frente deles. – A cidade de Or deve ficar a uns trinta quilômetros daqui. Teremos um bom pedaço de chão pela frente.

No horizonte, via-se que a tarde estava terminando. A luz do sol já acariciava a cadeia de montanhas escuras a oeste e um vento mais fresco soprava, sinal que a noite seria fria nas terras mistas do pântano Muko.

– Que tal voarmos até lá? – perguntou Kullat com um sorriso.

– E como faremos isso, se as pallóns foram embora? – Thagir replicou com seriedade.

– Confiem em mim! – foi a resposta de Kullat. – Mas antes vamos descobrir por que estes seres nos atacaram.

Como o ciclope entendia a língua comum, interrogaram-no e descobriram que ele e seus irmãos os haviam atacado por pensar que os seres voadores eram os guardiões de Dipra e que poderiam chamar reforços para destruí-los. Eles estavam se dirigindo, com as carroças, para a única passagem entre o pântano e o deserto de Alabin, para conseguir escravos nas cidades dos oásis a leste, a mando da feiticeira Marna, que havia fugido de seu mundo pelos Mares Boreais e se instalara em Agas'B cerca de dois anos antes. Os homens capturados nas aldeias e cidades das areias seriam transportados, nas carroças com as jaulas de ferro, para as ruínas antigas de Kallidak, para auxiliar na reconstrução da Fortaleza dos Ossos. Os aventureiros descobriram também que os Mellogs, utilizados para subjugar as tribos e aldeias atacadas, eram criações malévolas geradas com a lama do pântano Muko misturada com a água salobra do mundo de Tianrr. Essa mistura era então enfeitiçada por encantamentos muito antigos, para criar soldados de barro que obedeciam apenas aos comandos de quem lhes dera vida.

Sem alternativas sobre o que fariam com o prisioneiro, os companheiros decidiram permitir que o ciclope voltasse para Kallidak e levasse o corpo de seus irmãos, para que recebessem os ritos funerais tradicionais de sua raça. Mas a condição era que ele transmitisse uma mensagem para Marna. Ela deveria cancelar as missões de captura de escravos e libertar imediatamente todos os cativos já presos.

Depois da partida do ciclope, Kullat criou uma plataforma azul circular de energia e pediu que os amigos subissem nela. Thagir olhou desconfiado para o cavaleiro, mas este apenas piscou um olho. Assim que subiram, as bordas da área azul começaram a se elevar e, em segundos, Thagir, Laryssa e Azio – ainda na sacola improvisada – estavam dentro de um pequeno barco de energia. Kullat começou a planar do lado de fora. Uma espécie de cordão azulado, com a mesma aparência luminosa da redoma, surgiu em sua mão esquerda.

Ele levantou voo com facilidade, puxando consigo os amigos pela corda energética. Laryssa olhou admirada para Kullat, que aumentou a velocidade sem esforço, como se não estivesse carregando peso algum.

O voo durou apenas vinte minutos. Para não chamar atenção, Kullat pousou na parte norte da cidade, onde poucas luzes estavam acesas.

A noite começou a chegar. Para evitar novos problemas, eles decidiram dormir nos arredores da cidade, em uma clareira afastada que encontraram. Thagir ficou encarregado de ir rapidamente até o centro em busca de mantimentos e algo para protegê-los do frio. O pistoleiro também comprou dois novos revólveres e munição em sua breve visita à cidade, mas agora os levava em coldres de couro debaixo da casaca. Uma hora depois, voltou com comida e algumas mantas para aplacar o frio que aumentava. Acenderam uma fogueira e assaram alguns pedaços de carne, sentando-se ao redor do fogo para jantar. Azio emitia sons e estalos de dentro da sacola, além de apresentar uma constante revolução de movimentos, mas Laryssa disse que era apenas o autômato se autorreparando.

– Kullat! – Thagir falou. – Como conseguiu voar carregando tanto peso? Eu, Laryssa e Azio. Achei que você não podia fazer isso!

– Normalmente eu não poderia voar tanto tempo nem com tanto peso. Mas seja lá o que você fez no deserto, ajudou bastante. Parece que meus poderes aumentaram, e eu senti que poderia voar tranquilamente carregando vocês.

O pistoleiro entendeu o que acontecera. Seu amigo absorvera a energia do bracelete, mas de alguma forma ela não se dissipara. Ao contrário, se mesclara ao homem de Oririn, ainda que temporariamente.

– Sua joia devia ter muita energia! – observou Kullat. – Ainda sinto esse poder dentro de mim. Para falar a verdade, acho que, se não tivesse atacado o Mellog gigante, essa energia toda poderia me matar!

– Logo a energia vai se dissipar, talvez completamente, mas enquanto isso aproveite bem seus novos limites.

Kullat concordou com a cabeça. Sentia a energia se esvair fracamente através de seu corpo, como um balde cheio de água em que o líquido escorre vagarosamente para fora por uma pequena rachadura. Então, com ar de surpresa, perguntou como Thagir faria para conseguir outro bracelete.

– Um verdadeiro pistoleiro – ele respondeu com um sorriso – não precisa de magia para sobreviver. Não se preocupe!

Comeram em silêncio, admirando o céu limpo daquela noite de lua crescente. Thagir se ofereceu para fazer o primeiro turno de vigília. Queria usar o tempo para se adaptar às novas armas que comprara. Os dois revólveres eram idênticos, escuros, com coronha de marfim branco e o rosto de um urso esculpido. Leves e com o gatilho macio, Thagir não demorou a adaptá-los a suas mãos. Teria que carregar e descarregar de modo convencional, como fazia antes de ganhar o bracelete, mas isso não seria problema, pois havia treinado por muitos anos com movimentos rápidos e precisos. Simulou alguns tiros, descarregando as armas com agilidade e carregando-as de novo. Em poucas horas de treino, já havia se adaptado.

Depois de garantir que a princesa estivesse salva, voltaria a procurar o bracelete de seu pai, que havia sido roubado do castelo muitos anos atrás. Era dourado, com o símbolo de Newho talhado nas laterais por artesãos habilidosos.

Seus pensamentos foram interrompidos por um barulho vindo da mata. Olhou em volta, já com as armas em punho, pronto para defender o grupo, e viu alguém encapuzado, com roupas que lembravam os soldados híbridos que haviam combatido em Cim.

Andou silenciosamente alguns metros, seguindo a sombra à sua frente, quando ela se virou e o encarou. Não era um dos soldados Karuins, mas uma moça que aparentava uns vinte anos, de cabelos encaracolados cor de cobre e um pequeno adereço prateado em forma de chifre perfurando o lábio inferior. Ela ficou parada, sorrindo e fitando-o com seus olhos verdes.

– Quem é você? – ele perguntou, um pouco mais relaxado.

– Meu nome é Kena – ela respondeu com seriedade.

– E o que quer?

– Só o que é meu por direito – ela disse, com um sorriso malévolo.

Thagir sentiu uma picada no pescoço. Levou a mão ao local e retirou um minúsculo dardo de madeira com pequenas penas ao redor. Virou-se e viu outro vulto com uma zarabatana junto à boca, como se estivesse soprando uma corneta. Em vão, tentou andar e apontar a arma para o estranho, mas cambaleou, tropeçando nas próprias pernas, e a escuridão dominou seus olhos.

Thagir acordou com uma dor aguda na cabeça. Tentou mexer os braços, mas não conseguiu. As pernas também estavam paralisadas, como se uma grande força as segurasse juntas, impossibilitando qualquer movimento. A visão estava embaçada e com tons avermelhados. Levantou a cabeça, apesar da dor na nuca, e viu que estava amarrado e jogado no chão.

– Este aqui acordou! – disse uma voz com sotaque gutural.

Uma enorme sombra apareceu à sua frente. A visão de Thagir demorou um pouco para ganhar foco, mas ele reconheceu quem estava ali de pé. Era Chibo.

– Eu estava esperando você acordar para lhe dar isso! – o grande bárbaro azul deu um chute forte na barriga de Thagir, que se contorceu de dor. Chibo deu um longo suspiro. – Agora estou bem melhor!

Ele segurava seu machado como se Thagir pudesse arrebentar as cordas a qualquer instante. Atrás deles, vários encapuzados andavam de um lado para outro, carregando carroças e animais com sacas e sacolas, uma das quais continha o corpo destruído de Azio. Foram necessários três soldados Karuins para colocá-la na carroça.

Era madrugada, mas tons de amarelo já despontavam no horizonte, anunciando a aurora. A princesa jazia encostada em uma árvore, e Kullat estava no chão. As cordas que o amarravam eram brilhantes e pareciam encobertas por uma névoa amarela.

– Perca as esperanças – Chibo falou, ao ver que Thagir olhava em direção ao amigo. – São cordas mágicas. Mesmo que aquele idiota acordasse, não conseguiria arrebentá-las nem usar seus poderes.

Thagir murmurou alguma coisa, mas nem mesmo ele entendeu ou escutou a própria voz. Seu corpo estava dormente, sem forças, e sua cabeça latejava na região da nuca.

– Vocês vão dormir por muito tempo ainda – Chibo falou, sentando-se em uma pedra próxima de Thagir. – Mas não se preocupe, não vou matá-los agora. – Ele olhava para o machado com um sorriso. – Vocês são mesmo patéticos, seguindo pelo caminho mais óbvio. Foi muito fácil achá-los! Deixei sentinelas ao longo de todo o caminho entre o pântano Muko e a cidade. Aí foi só esperar o melhor momento para atacar – ele continuou. – Depois que acertamos você, pegamos a princesa e o seu amigo encapuzado, que estavam dormindo – a voz se tornou um riso. – Aí, bastou amarrá-los!

Chibo direcionou o olhar para um ponto atrás de Thagir e fez um leve sinal com a cabeça. O pistoleiro sentiu uma nova picada no pescoço. Os híbridos ainda carregavam as carroças, gritando uns com os outros em sua língua gutural. O bárbaro gargalhava na frente dele, enquanto o ambiente rodava e escurecia mais uma vez. Chibo disse algo, mas Thagir não conseguiu permanecer acordado para entender o que era.

PRISIONEIROS

Thagir acordou com uma dor de cabeça intensa e uma fome tão grande que parecia que não comia há dias. Estava deitado sobre algo frio e duro. Tentou se sentar, mas conseguiu se endireitar apenas na terceira tentativa. Seu corpo todo estava entorpecido e dolorido. Seus pensamentos estavam nebulosos e desencontrados. Com muito esforço, conseguiu focalizar a visão. Estava sentado em uma espécie de cama, sem lençóis ou travesseiros, que parecia de mármore branco. Os pulsos estavam amarrados com uma corda branca de seda.

Depois de alguns minutos, já conseguia controlar os membros doloridos, e sua visão e seus pensamentos estavam mais claros. Estava em uma cela de paredes brancas, com uma cama e uma bacia escavadas diretamente na parede. Uma pequena janela gradeada com barras daquele estranho mármore permitia a entrada da luz. À esquerda, o espaço era delimitado por barras semelhantes às da janela, mas sem nenhuma porta aparente. No centro da grade havia uma caixa do mesmo material, que provavelmente servia para passar comida aos prisioneiros. Com certa dificuldade, Thagir verificou os bolsos, tanto da calça quanto da longa casaca verde, mas estavam todos vazios. As armas e o bracelete esquerdo, com o Coração de Thandur, também haviam sumido.

A cerca de seis passos da cela havia um buraco circular no chão, com degraus que desciam para o fundo da fenda. Viu outras celas, mas estavam vazias. Percebeu que já controlava melhor os movimentos e as dores musculares diminuíam. *O sonífero deve estar perdendo o efeito*, pensou. Pela janela, nuvens brancas como ovelhas passeavam pelo céu azul, e o sol já estava baixo.

No horizonte, havia uma cadeia de montanhas muito longínqua. Algumas árvores formavam um bosque, mas a cela era tão alta que, de lá, pareciam pequenas moitas, e dois cavalos negros pareciam pequenos cachorros.

Um grande fosso separava o bosque das muralhas de uma fortificação de pedra. Em uma torre de vigia, dois Karuins montavam guarda com lanças prateadas.

Um barulho vindo da cela ao lado o fez voltar à porta.

– Kullat, é você? – disse em voz baixa, mas que reverberou pela cela e foi amplificada.

– Rhu'ia!* Saudações, Senhor de Castelo! – respondeu uma voz baixa e cansada, mas que transparecia nobreza e disposição. Vinha de perto das grades do salão, ao lado direito da cela.

Thagir reconheceu o cumprimento, que só poderia vir de alguém que tivesse treinado na academia em Ev've, e percebeu que a voz sussurrava o suficiente para que não fosse amplificada.

– Quem está aí? – o pistoleiro perguntou baixinho, se aproximando das grades sem tocá-las.

– Meu nome é Gialar. Sou um dos dois Senhores de Castelo de Agas'B. Parti há meses com a missão de encontrar a princesa Laryssa, mas fui capturado e trazido para esta prisão. Vi quando você e seu amigo foram trazidos para cá.

Thagir gemeu. A cabeça ainda incomodava, e a fome era muito grande. Gialar ficou em silêncio, depois finalmente falou:

– Notei as tatuagens-fantasma** de vocês antes de serem enclausurados, mas não os conheço.

---

* Saudação utilizada entre os membros da Ordem dos Senhores de Castelo.

** Cada membro da academia dos Senhores de Castelo recebe, ao se formar, uma tatuagem que representa a Ordem e que só é visível por outros Senhores de Castelo.

– Sou Thagir, Senhor de Castelo e regente de Newho, membro do conselho do planeta de Curanaã, do primeiro quadrante dos Mares Boreais. Meu amigo é Kullat, também Senhor de Castelo. Você sabe onde ele está?

– Sim, na cela ao lado da sua. Ainda deve estar desmaiado. Os pulsos e os pés dele estão amarrados com uma corda brilhante.

– Havia mais alguém com Kullat? Uma mulher? – perguntou Thagir.

– Não, só você e seu amigo – Gialar notou a preocupação na voz do pistoleiro.

A princesa não está aqui. Com Azio desativado, ela pode estar correndo grande perigo, pensou Thagir. Os pensamentos ecoavam em sua cabeça, deixando-o inquieto e nervoso.

– Onde estamos? – ele perguntou finalmente.

– Estamos presos na Torre Branca de Mármore. Fica a cerca de quatro dias de Or.

O barulho de passos na escada interrompeu a conversa. Thagir voltou rapidamente para a dura cama de mármore e fingiu que ainda estava desmaiado.

Um Karuin se dirigiu à cela de Gialar. Após um breve momento, foi para a cela de Thagir, abriu um lado da caixa que ficava na grade e introduziu ali alguns alimentos. Fechou a caixa e se dirigiu para a cela ao lado. Depois disso, sumiu pelo buraco do meio do salão. O som dos passos foi ficando cada vez mais longe, mas continuou por um longo tempo.

Thagir estava com tanta fome que foi direto para a caixa, descobriu como abri-la e achou alguns pães com carne seca e um odre com um líquido doce e ralo. Era pouca comida, mas já seria o bastante para recuperar um pouco de suas forças. Escutou Gialar pegar seu alimento e, com satisfação, ouviu que na outra cela alguém também abria a caixa para alcançar a comida.

– Kullat! Você está bem? – perguntou com alegria.

– Sim, mas me sinto fraco. Só agora consigo falar, porque estava com o corpo todo amortecido – a voz era baixa. – Vamos comer primeiro. Depois vocês me contam o que está acontecendo.

Thagir concordou, mas queria compartilhar com o amigo sua preocupação com Laryssa. Quando terminou de comer, chamou Kullat e explicou a situação.

– Temos que sair daqui – disse Kullat gravemente. – A princesa está em grande perigo.

Sacrifício

Laryssa abriu os olhos com dificuldade. A luz intensa feria sua retina. Após alguns segundos, a dor diminuiu e ela conseguiu manter os olhos abertos. Estava deitada, olhando para cima, e a beleza do que viu a deixou espantada. Uma abóbada gigantesca deixava à vista um céu azul-escuro com algumas nuvens alaranjadas. As primeiras estrelas da noite começavam a brilhar. Um pássaro solitário passou pela clara lua crescente.

Seu corpo, preso sobre uma superfície dura e fria, estava amortecido. Com espanto, percebeu que estava nua, coberta apenas por um lençol branco. Tentou mexer os braços, mas não conseguiu. Lentamente seus ouvidos saíram do silêncio profundo e começaram a distinguir murmúrios. Ela procurou pela origem dos sons e viu cinco seres parecidos com homens, envoltos em mantos azuis e com cordas douradas na cintura. Balançavam o corpo lentamente, de um lado para o outro, como se fossem badalos. À esquerda, mais cinco criaturas como aquelas faziam os mesmos estranhos movimentos. Dentro de seus capuzes, havia apenas trevas e escuridão. Eram os Dhuggaols.

Laryssa sentiu os membros formigarem e lentamente voltarem a ter sensações, o que lhe trouxe a certeza de que seus pulsos e tornozelos estavam amarrados. Seu corpo formava uma cruz, com os braços abertos e as pernas unidas e esticadas. O frio nas costas aumentou. Alguma coisa roçou a sola exposta dos pés. Com grande esforço, ela conseguiu encostar o queixo no peito e ver o que a tocava. Era uma capa verde sedosa e brilhante, que cobria uma jovem vestida com uma roupa do mesmo tecido. Preso ao cinto, podiam-se ver dois cabos brancos de espadas. O capuz largo permitia enxergar os cabelos encaracolados cor de cobre e os olhos verdes. No lábio inferior reluzia um adereço de prata semelhante a um pequeno chifre. Era Kena, a jovem que Thagir vira na floresta antes de ser atacado.

Ela olhou profundamente para Laryssa e sorriu, mas de forma tão sinistra e com tanto ódio que fez o coração da princesa gelar. Próximo aos pés de Laryssa, um pequeno pedestal exibia os quatro fragmentos do Globo Negro. Unidos, formavam uma esfera negra de pedra cheia de runas e símbolos, com um orifício no topo. Logo atrás de Kena, atento, estava Chibo.

Os murmúrios dos sombrios Dhuggaols aumentaram, assim como o ritmo do balançar de seus corpos. De repente, eles levantaram os braços exatamente ao mesmo tempo, como se tivessem coreografado uma dança macabra. Suas mãos finas pareciam feitas de uma nuvem escura, com quatro dedos pontiagudos como facas. Um gongo soou atrás da princesa, que virou a cabeça com dificuldade na direção do som e viu a silhueta de um homem diante de uma pira com chamas prateadas que trepidavam violentamente. Em uma de suas mãos brilhava um símbolo prateado, como uma ponta de flecha. Um nome ecoava insistentemente pelo salão:

"Volgo..."

"Volgo..."

Foram várias as tentativas de contato, mas sem resposta.

Frustrado, o homem apagou as chamas com um gesto brusco e virou-se na direção da princesa. Vestia um manto semelhante ao dos Dhuggaols, porém a cor era diferente, um lilás muito vivo com fios prateados. Em seu dedo brilhava malevolamente um anel azul-celeste.

Laryssa não conseguia ver o rosto daquele homem, que, andando em sua direção, começou a erguer as mãos com as palmas voltadas para cima. Sobre elas repousava um lindo e pequeno sabre de ouro incrustado de rubis.

A princesa sentiu o medo e a tensão aumentarem. Seus membros já respondiam melhor, e ela tentou, em vão, se livrar das amarras. Sentiu que estava suando, apesar da noite fresca e do pano leve que cobria seu corpo nu. Queria gritar, mas não conseguiu.

O homem de lilás murmurava palavras em uma língua desconhecida e segurava o sabre como se fosse cravá-lo no coração de Laryssa. Seus pensamentos se alternavam entre formas de escapar da morte e os motivos de tudo aquilo. O medo e o pânico deram lugar a um horror indescritível quando o homem levantou a cabeça e a olhou diretamente nos olhos.

– Pai?!

Laryssa percebeu que ele não parecia reconhecê-la. Ao fitar seus olhos, ela sentiu o corpo inteiro se arrepiar. Pareciam abismos, de onde apenas morte emanava. As palavras que ele pronunciava, apesar de desconhecidas, eram malévolas e cheias de ganância. Os dedos seguravam firmemente o sabre adornado, enquanto os Dhuggaols continuavam sua dança macabra. A princesa ainda tentou se libertar, mexendo as mãos em desespero, mas as cordas não cediam. Kena aproximou-se de seu rosto, fazendo-a sentir um perfume doce.

– Não adianta – a voz era um sussurro suave em seu ouvido. – Você vai morrer!

Laryssa virou a cabeça para encarar a mulher. Seus traços eram finos e agradáveis, combinando perfeitamente com a pele branca. Pequenos cachos acobreados caíam da escuridão do capuz verde e lhe cobriam levemente os olhos. O chifre de prata brilhava no lábio inferior. A princesa percebeu que a mulher sorria.

– Finalmente você vai morrer! Esperei muito tempo para ver isso acontecer!

Os Dhuggaols emitiam seus lúgubres murmúrios. Kendal ainda segurava o sabre dourado com os olhos voltados para Laryssa, mas a encarava como se fosse sonâmbulo. Kena acariciou os cabelos curtos da prisioneira com um gesto suave e gentil.

– Por quinze anos! – falou, ainda mexendo nos fios soltos na testa de Laryssa. – Por quinze anos eu me escondi, princesa! Foi um longo tempo de solidão e sacrifício para que o plano do mestre Volgo e de meu pai pudesse ser realizado. Agora Chibo e eu teremos um reino aos nossos pés. Tudo graças a você.

– QUEM É VOCÊ? – gritou a princesa, em desespero por não conseguir se libertar.

A mulher sorriu e apenas olhou para o corpo de Laryssa.

– Você sabia que esta é uma pedra de sacrifícios e que várias mulheres, ninfas e outras tantas guerreiras morreram nesta mesma rocha fria? – disse sorrindo. – O sangue de cada uma delas escorreu pelos pequenos sulcos da pedra e correu para lá – ela apontou o pedestal onde estavam os fragmentos unidos do Globo Negro. – Sangue de almas puras para elevar os poderes do rei e de seu exército!

Sem dizer mais nada, a mulher se afastou. A lua crescente agora brilhava intensamente através do buraco no teto, irradiando uma luz prateada sobre a pedra onde Laryssa se encontrava. A dança macabra continuava, e sons diversos enchiam o grande salão. A princesa tentou mais uma vez se libertar, sem sucesso.

O cântico continuou por mais alguns segundos, então todos ficaram em silêncio, com as mãos projetadas sobre o corpo de Laryssa, estendido na pedra de sacrifícios.

– Pelas antigas lendas e infinitos poderes! – a voz de Kendal soava como um trovão. – Que o sangue do verdadeiro rei permita que o Globo Negro seja restaurado!

Olhando para cima, para a luz prateada do luar, Kendal abriu os braços. Kena pegou um pequeno frasco cheio de um líquido vermelho, o abriu e derramou o conteúdo no orifício no topo do Globo Negro. Uma mistura de cores surgiu no centro da peça, girando como um redemoinho em águas escuras e densas. Os fragmentos unidos pareceram se fundir e se transformar de pedra em uma esfera de luz pulsante. Um rugido maldoso ecoou pelo salão.

Kendal segurou o sabre dourado com força, com ambas as mãos, direcionando a lâmina trabalhada para o coração de Laryssa. A princesa queria gritar, mas não conseguiu. Seu corpo todo suava, e os músculos se retraíam.

– Por Azur! Com o sangue da legítima regente deste mundo, eu conclamo o poder de Dillys! – um trovão pareceu ecoar na voz de Kendal.

Laryssa começou a chorar, em pânico, ao vê-lo erguer o sabre acima da cabeça, preparando o golpe fatal com um grande sorriso nos lábios.

– PAI! NÃO! – a princesa gritou, tentando desesperadamente se livrar das amarras.

Kena acompanhava os movimentos sinistros com um prazer indescritível. Mas um estrondo vindo da grande porta de ferro na entrada do salão a impediu de saborear o que estava por vir.

SALÃO DAS MORTES

Quando uma pessoa leva um tapa na cara, seus sentidos ficam dormentes por alguns segundos. O ardor na face e o calor na pele não são sentidos de imediato, pois a mente demora a processar o ocorrido. Essa foi exatamente a sensação de Kendal quando a porta de ferro se arrebentou com um grande estrondo, segundos antes de golpear o coração de Laryssa com o sabre.

Espantado, Kendal viu quatro homens passarem rapidamente pela porta. Um deles levantou o braço, e no segundo seguinte o sabre que o rei segurava voou para longe, levado por um tiro certeiro disparado por Thagir, o pistoleiro de Newho, acompanhado de Sylar, Kullat e Gialar.

– Pare, Kendal! – Sylar ordenou, apontando o punho fechado para o rei. No dedo indicador, um anel verde se destacava. – Você não vai conseguir o Globo Negro!

– Impossível – Kendal murmurou, espantado. Cerrando os punhos, gritou:

– CHIBO! KENA! ATAQUEM!!

Mal completou sua ordem e um raio verde o atingiu com força no rosto, fazendo-o virar uma cambalhota para trás. Com muito esforço, Laryssa conseguiu ver quando o raio saiu do anel de Sylar e acertou o rosto de Kendal, que caiu, aparentemente desacordado. Ao reconhecer o feiticeiro, ela levou um susto. O assassino de Noiw estava no salão real. O coração da princesa palpitou ao ver Kullat e Thagir com ele. Havia ainda um quarto homem, Gialar, que Laryssa não conhecia. Ela gritou, temendo que Sylar os ferisse, mas ninguém pareceu ouvi-la.

Chibo e Kena desceram a grande escada de mármore que dava acesso ao altar e pularam os últimos degraus em conjunto, ele com seu enorme machado e ela com duas elegantes espadas de cabo branco. Chibo rodopiava o machado e Kena olhava com desprezo para as olheiras fundas de Gialar. Apesar da barba há muito por fazer e das roupas amarrotadas, sujas e rasgadas, ele demonstrava nobreza e altivez incomuns.

Dhuggaols, criaturas malévolas dos confins escuros e desconhecidos do Multiverso.

Rapidamente, os dez Dhuggaols que participavam do ritual começaram a descer as escadas. Com gestos estranhos, suas mãos se transformaram em espadas de fumaça.

– Cuidado! – gritou Sylar, com espanto na voz.

Outro raio saiu de seu anel verde e encontrou um dos Dhuggaols, que cambaleou com faíscas esmeralda pelo corpo. Os outros nove emitiram um som agudo horrível com a queda do irmão e juntos avançaram rapidamente ao encontro do mago Sylar. Thagir atirava nos Dhuggaols com sua pistola de cabo de marfim, mas as balas não provocavam nenhum dano, apenas rasgavam o tecido azul-celeste que cobria o corpo vaporoso daqueles seres sombrios.

– Terá que cuidar deles sozinho! – o pistoleiro gritou para Sylar, percebendo que não adiantava gastar munição. O mago apenas lhe devolveu um olhar confiante.

Kullat e Thagir se posicionaram para enfrentar Chibo, que se aproximava velozmente. Um zumbido ecoava pelo salão enquanto luzes dançavam ao redor do Globo Negro. O machado de Chibo passou raspando pela cabeça de Kullat, que agilmente se abaixou e desviou do golpe com um salto. Vários soldados Karuins entraram no salão e começaram a lutar, com Chibo, contra os Senhores de Castelo.

Gialar, segurando com firmeza a espada de lâmina grossa e curva, se concentrou em Kena. A mulher o atacou com fúria, golpeando com suas duas finas espadas. Mesmo debilitado pelas torturas na prisão, ele defendeu os golpes com maestria. Kena continuava o ataque, sem dar espaço ao inimigo. Durante um golpe que rasgou apenas o ar, a mulher se desequilibrou e recebeu um forte chute na barriga, que a obrigou a rolar para trás.

Thagir empunhava seus bastões, defendendo-se dos ataques de Chibo com grande habilidade. Kullat desviava da lâmina do machado, procurando uma brecha na guarda do homenzarrão enquanto golpeava os soldados Karuins. Chibo rodopiava o machado e ora golpeava Thagir, ora voltava a atenção a Kullat, fazendo os dois Senhores de Castelo recuarem.

Com seu anel de pedra verde, Sylar derrubou mais dois Dhuggaols, mas não pôde se concentrar neles por muito tempo. Ao ver Kendal em pé novamente, o feiticeiro murmurou algumas palavras e, com um forte vento, voou até o grande pedestal em que Laryssa estava amarrada. Ele chegou bem a tempo de evitar que Kendal perfurasse o peito da princesa com o sabre sacrificial, mais uma vez em suas mãos. A lâmina desviou do coração, mas perfurou profundamente o ombro da princesa. O grito de dor foi abafado pelos sons do Globo Negro, e o sangue manchou o pano branco e escorreu pela pedra do altar.

Sylar iniciou um combate físico contra Kendal, que gritou quando o mago apertou seus dedos contra o cabo do punhal. O grito chamou a atenção de Kena, que se distraiu por alguns instantes.

Gialar aproveitou o momento, largou a espada e, com uma cambalhota, aproximou-se da jovem guerreira. Rapidamente ficou de joelhos e, girando o cabo das espadas nas mãos da própria Kena, introduziu as duas lâminas na garganta da mulher, fazendo-a cair com um ar surpreso.

Gialar nunca havia esquecido que Kena matara Ledge, o outro Senhor de Castelo de Agas'B. Após dias de constante tortura, ela o levou até um grande pátio, onde Ledge estava pendurado em uma árvore com uma lança cravada no peito. Ao acabar com Kena, Gialar sentiu o alívio de vingar o amigo.

Ao ver o corpo da jovem tombar sem vida, Kendal gritou de ódio e dor. Com um forte movimento e uma explosão de luz violeta, jogou Sylar para trás, fazendo-o cair nos degraus da escada.

– Não! Kena! – ele gritou, em desespero. – Minha filha! MALDITOS, MATARAM MINHA FILHA! – mas, antes que conseguisse fazer qualquer coisa, Sylar, ainda caído, lançou um raio em forma de esfera que explodiu no peito de Kendal, fazendo-o tombar violentamente para trás.

"Minha filha..." Aquelas palavras foram como um soco no estômago de Laryssa. Não conseguia acreditar que Kena era sua irmã. *Onde ela esteve durante todos estes anos? Por que meu pai jamais falou dela? E por que ela quer me ver morta? Quem é essa mulher, afinal?* Os pensamentos da princesa eram caóticos e cheios de dúvidas.

Um raio verde cruzou o salão e atingiu um nebuloso Dhuggaol, que estava prestes a atingir Gialar, de joelhos perto da poça de sangue que se formara ao redor de Kena. A energia, em vez de se dissipar, aumentou de intensidade. Sylar, com um joelho no chão, segurava o pulso com uma das mãos enquanto o anel brilhante lançava sua força esmagadora contra o inimigo. O vapor negro e cinza do corpo da criatura se misturou com o raio, formando revoluções no interior do manto. O ser sombrio abriu os braços e começou a flutuar, enquanto faíscas saíam por todas as aberturas do manto. De repente, uma explosão luminosa seguida de um grito horrendo consumiu a criatura. O manto vazio caiu no chão e o raio sumiu, assim como o Dhuggaol.

Sylar rolou para o lado no exato momento em que outro Dhuggaol o atacou com a gasosa e mortífera espada cinza-negra. Kendal flutuou e ficou novamente em pé. Seus olhos brilharam.

– Agora você vai pagar! – gritou para Sylar. – Todos vão pagar! – e começou a murmurar enquanto fazia movimentos com as mãos. No início era um sussurro, mas, à medida que falava, sua voz ganhava força. Os Dhuggaols restantes responderam com o mesmo som e pararam de atacar. Uma fumaça densa e negra começou a sair das vestes azuis das criaturas, que desapareceram. As névoas de seu corpo se aglomeravam conforme abandonavam os mantos, formando uma grande massa de gás negra e cinza, que avançava em direção a Kendal. A nuvem escura pairou sobre o corpo dele e Laryssa viu, com os olhos esbugalhados, que a fumaça penetrou o corpo de seu pai com grande força, primeiro pelas narinas e ouvidos, depois pela boca e pelo canto dos olhos.

A princesa entrou em desespero quando os olhos de seu pai foram cobertos pela fumaça, consumindo as íris e as pupilas. Os cabelos cresceram e tomaram uma consistência enevoada, numa mistura cinza e negra. As vestes, antes violeta, agora estavam rajadas de branco e vermelho sangrento.

– PAI! – ela gritou, com os olhos cheios de lágrimas.

Morre um Senhor de Castelo

Chibo lutava com Thagir e Kullat próximo da porta destruída quando Gialar matou Kena com as lâminas que o próprio guerreiro azulado havia dado de presente para sua amada. Ao ver a companheira caída em uma poça de sangue, o bárbaro urrou de ódio. Com um grande golpe, abriu espaço entre Kullat e Thagir, que tentaram segurar o gigante, mas ele mostrava uma fúria incontrolável. Com um rodopio lateral do machado, ele os golpeou com a parte cega da arma e os lançou no ar, fazendo-os cair pesadamente sobre os dois últimos soldados Karuins que ajudavam Chibo. Thagir e Kullat acabaram rapidamente com os soldados, mas não conseguiram impedir o ataque do bárbaro.

Gialar se levantou quando viu a raiva nos olhos de Chibo, que urrou novamente em fúria e atacou com grande violência, abrindo buracos no chão. Tomado pelo ódio, Chibo nem sequer sentiu a rajada de força que Kullat lançou em sua direção. Thagir, com seus bastões, também atacou o bárbaro. Rodopiando o machado ferozmente, o guerreiro azul desferiu um forte golpe com o cabo da arma contra o estômago de Thagir, atirando-o para longe. Kullat lançou outra rajada, mas Chibo a rebateu com a lâmina de seu machado, forçando o cavaleiro a desviar do contra-ataque com uma cambalhota no ar para trás. Para sua surpresa, Chibo o agarrou pela perna em pleno voo e o rodou, batendo-o contra o chão como quem usa uma marreta de ferro.

O último que resistia em pé era Gialar, que atacou Chibo com sua espada, conseguindo abrir um corte nas costas do inimigo. Mas, mesmo ferido, o bárbaro parecia cada vez mais selvagem e urrava o nome de Kena em meio a violentos golpes de machado. Gialar ainda conseguiu se defender, mas depois de alguns momentos a lâmina de sua espada não resistiu e partiu sob a força dos golpes do pesado machado. Antes que o Senhor de Castelo pudesse se recobrar, Chibo segurou o machado com ambas as mãos e fez um movimento circular de cima para baixo. Kullat viu apenas um risco prata percorrer o corpo de Gialar, do ombro até a cintura.

– NÃO! – ele berrou.

Momentos depois, o corpo de Gialar estava no chão, dividido em dois. Chibo nem sequer olhou para sua vítima, mas para Kena. Ajoelhado, tomou a mão da amada e, após um instante, explodiu num grito desumano:

– KEEENAAA! – As paredes do salão tremeram com o eco estonteante de seu berro.

Laryssa ouviu o urro de Chibo, mas, em pânico, não conseguiu olhar para o salão. Seu pai estava se transformando em uma criatura horrenda. O corpo do rei Kendal tremia em convulsões. A pele parecia rachar, veias saltavam no pescoço e nas mãos. A princesa gritou novamente, agitando os braços e tentando se libertar. O Globo Negro girava furiosamente no altar.

Ao fim da transformação, para horror de Laryssa, um ser que não era mais Kendal nem Dhuggaol surgiu ao lado do altar de sacrifícios.

Kullat e Thagir ainda se recuperavam dos golpes de Chibo quando ele voltou a atenção mais uma vez para os Senhores de Castelo. Rapidamente se levantaram e se prepararam para a batalha, quando dois soldados, semelhantes a grandes anfíbios humanoides, foram jogados para dentro do salão pela porta destruída, em uma espécie de explosão de luz. Eram soldados Maioles, que, diferentes dos répteis Karuins, pareciam grandes sapos em forma de humanos. Ao ver os Maioles, Kullat relembrou imediatamente, num *flash* em sua memória, como conseguiram fugir da prisão no topo da Torre Branca de Mármore.

Logo depois de comerem na cela, os Senhores de Castelo escutaram passos apressados subindo a escada. Vários soldados Karuins e outros humanos, portando o símbolo de Agas'B, surgiram do buraco no meio do círculo de celas e encheram o salão em posição de defesa.

Três fortes estrondos fizeram a torre vibrar levemente. Momentos depois, do buraco da escada, eles puderam ouvir sons de luta e de armas se chocando, que se misturavam a gritos de guerra grossos e roucos.

Outros três soldados de Agas'B subiram correndo os degraus. O primeiro que surgiu gritou apavorado, sua voz ecoando pelo salão:

– Estamos sendo atacados!

Assim que saiu pelo buraco, o último deles emitiu um gemido curto e caiu para frente, com um machado de pedra cravado nas costas. Dezenas de pequenas setas de madeira com ponta de pedra emergiram, rebateram no teto e caíram sobre os soldados, que se protegeram com seus escudos. Terminado o ataque, inúmeros vultos pularam para o salão.

Eram os soldados Maioles, de armadura verde como sua pele. Alguns portavam pequenas bestas prontas para atirar três setas de cada vez e escudos feitos de um tipo de madeira muito resistente. Outros empunhavam machados de pedra ou espadas de lâmina grossa e cabo de pedra.

Os guardas de Agas'B e os soldados Karuins começaram a lutar freneticamente com os Maioles. Do buraco da escada, hordas de Maioles surgiam, para desespero dos guardas do reino.

Kullat ouviu um forte barulho, que parecia vir de alguma cela ao lado, e palavras indistintas, abafadas pelo barulho da luta. Depois escutou mais um estrondo, como se algo tivesse sido quebrado.

Um dos poucos soldados de Agas'B que ainda estavam vivos gritou que se rendia e jogou a arma e o escudo no chão. Seu gesto foi imediatamente copiado pelos outros integrantes da guarda da torre e pelo único soldado Karuin sobrevivente.

Um dos Maioles falou com a voz rouca e vagarosa, que parecia um longo coaxo:

– Traaaaaanqueeeem-nos naaaass ceeelaaass!

De repente, a janela gradeada da cela de Kullat foi arrancada, com um grande pedaço da parede de mármore. Ele pôde ver o céu, repleto de nuvens com tons variados de laranja. Pelo buraco, uma enorme aranha surgiu, iluminada pelo sol poente, e de pé em suas costas havia um senhor de cabelos espetados, com um sobretudo laranja de desenhos dourados. Por baixo do sobretudo, vestia uma túnica também dourada. Kullat ainda não sabia, mas aquele era Sylar. Atrás dele estava Thagir, e a seu lado havia outro homem, que Kullat imaginou ser Gialar.

– Vamos – disse Sylar com firmeza. – Preciso de sua ajuda para salvar Laryssa!

Confuso, Kullat procurou os olhos do amigo. Thagir sinalizou que estava tudo bem.

O feiticeiro fez um gesto e as cordas nos pulsos de Kullat se arrebentaram. Ele sentiu seus poderes voltarem e, sem perder tempo, pulou no dorso da aranha.

– A princesa! – exclamou Kullat. – Onde ela está?

– No salão do castelo – Sylar respondeu de maneira enérgica.

Um Maiole surgiu na cela de Kullat e chamou o mago.

– Toodooss oss guaaardass foraaam veencidooss, Sylaar – coaxou.

Ao ouvir o nome do homem, Kullat tomou um susto.

– Calma! Ele está do nosso lado – disse Thagir.

– Conseguiram recuperar as armas do nosso amigo? – Sylar perguntou para o soldado Maiole e apontou para o pistoleiro.

– Nãããoo ssssabiaaa quaaal delaaasss eraaa.

O soldado fez um gesto e outros Maioles aparecerem atrás dele, trazendo armas e objetos de batalha. Thagir pegou o bracelete com o Coração de Thandur, as pistolas, os coldres, a munição e também os bastões de combate.

– Não acredito! Será que é a pistola de Amadanti? Como é que ela veio parar aqui? – sussurrou Thagir ao ver uma pequenina pistola vítrea e alguns cristais vermelhos pontiagudos que estavam em uma caixa com um dos soldados. Por via das dúvidas, guardou tudo em um de seus bolsos.

Gialar pegou um cinto de couro marrom, onde guardou uma larga e comprida espada curva e prateada. Com um comando de Sylar, o enorme aracnídeo começou a descer a Torre de Mármore em direção ao castelo de Kendal. Várias outras aranhas gigantes os seguiram, cada uma carregando um grupo de soldados Maioles. O salão em que a princesa estava aprisionada ficava em um prédio sobre um lago interno da fortaleza do castelo. Apesar de o caminho estar guardado por um pequeno exército formado por soldados de Agas'B e Karuins, eles conseguiram passar e chegaram rapidamente até a grande porta do salão principal. Com uma rajada de força, Kullat explodiu a porta e abriu caminho. Os Maioles ficaram protegendo a retaguarda, combatendo o exército de répteis e soldados do reino.

Os pensamentos de Kullat voltaram ao presente quando uma figura familiar entrou pelo buraco da porta, bem atrás de Chibo.

Azio Retorna

Kullat e Thagir sorriram ao reconhecer a pele dourada de Azio. O autômato estava em seu conhecido módulo de combate.

Laryssa, ainda presa, se debatia em desespero tentando se libertar. O Globo Negro zumbia com mais intensidade. Azio viu a princesa e seus olhos piscaram num tom de verde por alguns instantes. Ao lado dela, Kendal, agora transformado em uma figura estranha, se contorcia e gritava, como se estivesse sentindo dores horríveis. O peito do autômato estalou e ele voltou a atenção aos homens à sua frente.

– Pare agora, Chibo! – disse Thagir, concentrado. – Você não pode lutar contra nós três ao mesmo tempo!

O bárbaro parou e olhou para Azio. Todo o ódio que sentia pareceu desaparecer de seu rosto. Então, colocando as mãos na cintura, ele jogou a cabeça para trás e explodiu em uma gargalhada, tão alta que Thagir pensou que ele havia enlouquecido com a morte de Kena. Ainda rindo muito, Chibo andou calmamente e parou entre os Senhores de Castelo e o ser de metal.

– Ficou louco? – disse Kullat. – Você não tem a menor chance contra todos nós.

Chibo voltou a gargalhar.

– Este autômato é servo de Kendal, seus estúpidos! – respondeu com desprezo na voz. – Ele só tinha uma missão: trazer a princesa e os fragmentos em segurança até aqui!

Diante do espanto de Thagir e Kullat, ele se virou para Azio e fez um sinal de comando com a mão direita:

– Mate-os imediatamente! Não importa como, mate-os agora! – terminou com autoridade.

– Sim, mestre Chibo – respondeu o autômato dourado, com as armas prontas para disparar. – Imediatamente.

Chibo espantou-se quando uma rajada de balas de grosso calibre saiu do pulso robótico. Segundo os cálculos de Azio, a melhor estratégia para cumprir a ordem era disparar imediatamente. Seus circuitos devem ter informado que os disparos atingiriam Chibo, mas também acertariam os Senhores de Castelo, matando os três homens. O corpo de Chibo tremia em uma lentidão mórbida enquanto as balas lhe penetravam a carne. O guerreiro azulado caiu e, com isso, as balas de Azio seguiram diretamente para Thagir e Kullat. Thagir se concentrou e, ativando o Coração de Thandur, seus olhos brilharam e sua visão ficou em velocidade reduzida. Os projéteis de Azio voavam em sua direção com uma estranha lentidão, mas rápido o suficiente para que ele soubesse que nada salvaria os dois Senhores de Castelo ao mesmo tempo. Então o pistoleiro se colocou entre Azio e Kullat, tentando salvar o amigo.

O primeiro projétil atingiria sua testa em cheio. Seu fim seria rápido e indolor. *Morrer em batalha é o desejo de todos os pistoleiros. Ao menos morrerei dignamente*, pensou Thagir, fechando os olhos. Faltava apenas um palmo para que a bala penetrasse sua cabeça, mas, de alguma forma, ela entortou e mudou bruscamente de direção. As que vinham atrás também ricochetearam. Ele podia ver uma leve luz azulada em forma de ondas de choque toda vez que uma bala desviava. O espanto quebrou sua concentração, e a percepção de tempo voltou ao normal.

Quando Azio começou a disparar, Kullat reagiu por instinto e criou uma barreira azul quase transparente na frente de Thagir e de si mesmo, impedindo que as balas que destroçaram Chibo os atingissem. O corpo do gigante azul estava irreconhecível, perfurado de todos os lados, e tombou como uma marionete velha e sem cordas, espalhando sangue azul pelo chão. O autômato continuou a atirar, forçando Kullat a recuar um passo.

– Parece que o Latinha mudou de lado! – o cavaleiro disse com ironia. Thagir riu nervosamente.

QUEDAS

– PAI! – gritou novamente a princesa, depois que os Dhuggaols se tornaram seres de fumaça e invadiram o corpo do rei Kendal.

A lua crescente ainda a encarava através da abóbada, iluminando seu corpo e o altar de sacrifícios. Também banhado pelo luar estava seu pai, transformado em algo monstruoso e desumano. A criatura, de cabelos longos e dentes pontiagudos como os de uma besta selvagem, abriu os braços com um riso diabólico. A transformação havia terminado.

O monstro iniciou um combate feroz contra Sylar. Laryssa via raios verdes explodirem em faíscas esmeralda e amarelas quando atingiam o corpo daquele que fora conhecido como Kendal.

– Acabou! – a voz dele era destoante, com ecos, como se várias bocas falassem ao mesmo tempo. – Hoje o Globo Negro retorna e seu poder será meu!

Sylar lançou outro raio no rosto da criatura, mas dessa vez ela apenas recuou alguns passos. Rindo, o ser colocou ambas as mãos na frente da cara e fechou os olhos. Após um breve momento de concentração, uma luz cinza e negra em forma de serpente saiu das mãos

Criatura-Kendal, fusão do regente Kendal com os Dhuggaols

unidas e voou na direção de Sylar, que ainda se encontrava na escada do altar.

Com rapidez, a serpente de fumaça se enroscou no corpo do feiticeiro e o suspendeu no ar. Ele sentiu a garganta apertar, como se mãos de ferro o estrangulassem com força, nublando sua visão com a dor e o desespero da morte iminente. A criatura riu ao ver Sylar se debater no ar, procurando uma forma de se libertar do abraço mortal.

O mago fechou os olhos, murmurou palavras em um tom suave e um brilho emanou de seu corpo, dissipando a fumaça que o prendia em fagulhas sombrias. Surpreso pelo encanto de Sylar, a criatura dobrou levemente os joelhos, direcionou os braços para o feiticeiro e, das palmas das mãos abertas, emitiu um feixe de energia violeta. Várias cores dançavam caoticamente, serpenteando ao redor do raio como se estivessem vivas. A extremidade do feixe de energia formava a imagem de uma salamandra, que avançava sobre Sylar. Ele respondeu imediatamente ao ataque, repetindo o gesto de seu inimigo. Seu feixe era harmonioso, de tom claro, laranja e dourado. A extremidade de seu raio energético se assemelhava a um tritão.

As duas forças se encontraram, causando uma explosão colorida e um estrondo no salão. As luzes batalhavam sinuosamente pelo ar, uma empurrando a outra de volta para as mãos de origem. Quando uma das criaturas de energia se desvencilhava e partia contra o oponente, o outro ser de força imediatamente retornava para deter seu avanço.

Laryssa assistia à luta com dor – o ombro machucado ardia e sangue escorria pela ferida aberta. Sua mente estava confusa. De um lado estava Sylar, o assassino de Noiw, que agora tentava salvá-la. Do outro estava seu pai, dominado pela magia de seres horrendos.

Os dois feiticeiros permaneceram naquele cabo de guerra energético por mais alguns instantes. Os raios se chocavam e se entrelaçavam. Sylar sentia a grande pressão do feixe da criatura. Gotas de suor brotaram em sua testa, e o cansaço começou a dar sinais. O feixe violeta avançava sobre seu raio como se estivesse devorando a energia cor de laranja. Com um urro de fúria, ele tentou empurrar a energia mortal que vinha em sua direção, mas lutava não contra um único homem, e sim contra um feiticeiro somado a vários Dhuggaols encarnados. Essa desvantagem foi decisiva. O raio violeta avançou rapidamente e o atingiu com força. O impacto o fez rodopiar no ar. Com a explosão da salamandra energética em seu peito, Sylar foi jogado à base da escadaria, batendo fortemente contra os degraus de mármore.

Kullat e Thagir se protegiam sob o escudo azul, e Azio continuava atirando freneticamente nos dois Senhores de Castelo. Os três lutavam sobre uma ampla e grossa camada redonda de vidro, que permitia ver uma antessala no nível inferior, mais de dez metros abaixo. As balas zuniam e ricocheteavam na parede de energia, e algumas se cravavam no chão de vidro. Thagir ouviu estalos e silvos vindos do peito do autômato e concluiu que ele estava traçando outra estratégia para matá-los.

– Vamos ver se isto funciona! – ele disse, retirando a pequena pistola de cristal do bolso.

– O que é que você vai fazer com esse brinquedo? – Kullat perguntou, recuando mais um passo.

– Se meu palpite estiver certo, isto aqui será capaz de furar a blindagem de Azio – respondeu Thagir, carregando a arma com os finos cristais vermelhos.

Kullat não respondeu, apenas sentiu que o impacto dos projéteis de Azio era cada vez mais forte. O autômato mudara a munição, e agora velozes traços amarelos voavam contra o escudo. Cada vez que um deles encontrava a energia azul, uma pequena explosão surgia, morrendo em faíscas. Kullat tentava imaginar como o amigo faria para atirar sem que eles corressem perigo. Pensou em abrir uma pequena fenda em que coubesse apenas o cano da arma, mas, para seu espanto, Thagir engatilhou o revólver cristalino e deu dois tiros. As balas cruzaram a barreira azul como se ela não existisse.

Kullat ficou espantado. Desde que ganhara as faixas de Jord, nada nunca havia conseguido atravessar seu campo de força. Mas não havia tempo para explicações. A primeira bala acertou em cheio o olho direito de Azio. A segunda atingiu seu ombro, do mesmo lado. O autômato parou de atirar e cambaleou para trás, mas não caiu. Fazendo um som mecânico, tentou se equilibrar, mas recebeu uma rajada de energia de Kullat no exato momento em que começava a se recobrar. O raio prata atingiu seu peito dourado com grande força, derrubando-o pesadamente. O metal na área atingida estava retorcido, e faíscas saíam de seu olho e do rombo no peito. Mesmo caído, o gigante de metal ainda tentou atirar, mas suas armas não obedeciam.

– Ele não pode mais usar as armas! – disse Thagir com seriedade. – Danificamos sua estrutura.

Apesar da vitória, Kullat não sentia orgulho. Gostava muito do autômato dourado, com sua "quase" personalidade. Azio se tornara um companheiro agradável durante a viagem, demonstrando ideias e sentimentos incompatíveis com seu corpo mecânico. O cavaleiro não o via como um ser animado por engrenagens e programas, mas como uma pessoa, com senso de identidade e responsabilidade.

Azio desconhecia os sentimentos de Kullat e, para o autômato, isso não importava. Enquanto se colocava de pé, sua matriz interna lhe informou que era impossível utilizar as armas novamente. "Mau funcionamento interno" era o aviso que se repetia quando tentava acioná-las. Outra mensagem chegou ao seu cérebro eletrônico: "Prioridade 1: separar alvos".

Calculou a distância de seus oponentes e olhou para o chão de vidro sujo de sangue a seus pés. Viu a antessala no andar inferior, decorada com amplas janelas em vitrais e uma grande mesa de mármore ao centro. Do lado esquerdo, uma porta, que dava acesso para o lago interno da fortaleza.

O autômato ergueu os braços e, com uma força gigantesca, bateu com os punhos no chão de vidro. O impacto causou um tremor que desequilibrou Kullat e Thagir. O vidro se estilhaçou sob seus pés, e em instantes os dois homens e o autômato estavam em queda livre, caindo como bonecos lançados ao ar em uma tempestade de pedras e vidros.

O Despertar do Globo Negro

Com dor nas costas e na cabeça, Sylar viu espantado o autômato e os dois Senhores de Castelo sumirem por um enorme buraco no chão. Ouviu um grito, mas não podia ajudá-los naquele momento. Após sua breve e desgastante derrota, viu a criatura-Kendal retornar ao altar de sacrifícios e recomeçar o ritual sob a luz prateada do luar. Laryssa se debatia, amarrada à rocha fria, com sangue a sair pelo ombro. Sylar se levantou com dificuldade e começou a subir os degraus da escadaria de mármore. Sentia o corpo todo pesado, e seus pensamentos estavam confusos. Uma leve aura escura o rodeava e reduzia rapidamente sua energia. Apoiou-se no corrimão da escada e fez um gesto lento sobre a cabeça, pronunciando um encantamento. A aura negra foi sugada para a palma de sua mão e condensada em uma bola nebulosa. Proferiu outro feitiço, e ondas luminosas vindas de seu anel atacaram e consumiram a energia escura.

– Pare, Kendal! – gritou, enquanto voltava a subir dolorosamente a escadaria.

A criatura virou-se e sorriu. Os dentes pontiagudos formavam fileiras amarelas na boca, e os olhos sem pupila brilhavam em vermelho, dando a impressão de que dali sairia outro tipo de horror.

– Você não pode me impedir, Sylar! – respondeu a voz demoníaca. – Sua filha vai morrer.

"Sua filha! SUA FILHA!" As palavras atingiram Laryssa como se uma espada lhe perfurasse o coração. *Sou filha daquele assassino? Ele que matou Noiw com sua magia luminosa!* Ela se debateu novamente, tentando se libertar. *Não. Não! Não pode ser verdade!*

Seu coração estava pesado e não queria aceitar, mas no fundo de sua alma sabia que era verdade. Sua mente voltou ao momento da batalha próximo a Cim, quando o bruxo lançou uma luz contra eles. Aquela luz a paralisou e a mergulhou em um estado de inércia, trazendo-lhe tranquilidade e paz, dissipando seus pensamentos e fazendo com que sua energia vital quisesse se separar do corpo. Depois que ela despertou do torpor do feitiço, encontrou Noiw gravemente ferido e Chibo atacando o feiticeiro com seu machado.

Um facho de luz sinuoso voou sobre ela e a tirou de suas memórias. Sylar havia lançado uma corda de energia que amarrou a criatura antes que ela conseguisse desferir o golpe final contra a princesa. Com um movimento vigoroso, o mago puxou o monstro pelo ar e o arremessou no patamar inferior, quase o jogando pelo buraco onde os Senhores de Castelo haviam caído. Sylar envolveu o próprio corpo com a energia verde de seu anel e pulou sobre o oponente. A batalha agora, além de mágica, era travada fisicamente pelos feiticeiros, que lutavam freneticamente com golpes de espadas feitas de energia luminosa. Era uma dança mortal, em que qualquer erro poderia custar a vida de um dos combatentes.

Thagir caiu pesadamente e gritou de dor. Kullat caiu de joelhos ao lado dele, mas conseguiu planar um pouco no ar, amortecendo a queda. Azio havia aterrissado a alguns metros, mas estava se levantando com rapidez.

– Meus pés! – gritou Thagir em agonia. – Acho que quebraram!

Kullat olhou para o amigo, as sombras encobrindo seu rosto na penumbra do capuz. Thagir percebeu que o companheiro iria defendê-lo do autômato mesmo que para isso precisasse ser destruído. Kullat se levantou e ergueu os punhos. Havia labaredas brancas em suas mãos e antebraços, intensificados pela energia remanescente da Joia de Landrakar de Thagir.

– Azio – a voz do cavaleiro era triste –, lute contra sua programação. Você é um ser racional, não é apenas uma máquina! Por favor, pare – as últimas palavras foram um sussurro.

Azio não respondeu, mas Kullat ouviu estalos em sua caixa torácica semidestruída. Com fios e faíscas a sair pela abertura ocular direita, o autômato parecia ferido. O peito amassado e o ombro direito mais baixo que o esquerdo criavam uma assimetria no corpo dourado. Kullat pediu mais uma vez, mas Azio continuava indo na direção deles, decidido. Parou a poucos centímetros do cavaleiro e iniciou o ataque.

Thagir presenciou uma batalha de gigantes. Cada golpe fazia o ar vibrar e as paredes tremerem. A sala era sacudida com os estrondosos ataques. Punhos de ferro castigavam a carne, enquanto punhos de fogo amassavam o metal dourado, como marretas de ferreiro. A cada golpe, havia um contragolpe. A cada ataque, um contra-ataque. As grandes janelas se estraçalharam com o violento deslocamento de ar da batalha, permitindo ver a luta entre soldados no pátio externo.

Um soco de Kullat jogou Azio no chão, abrindo um buraco onde ele caiu. O autômato revidou com um chute no abdômen do inimigo, jogando-o em uma parede de pedra que se quebrou com o violento impacto. Kullat se arremessou de dentro do buraco escuro da parede contra o autômato, como uma seta atirada por um arco gigantesco, mas, antes de atingir o alvo, levou um soco vigoroso e rodopiou no ar. Thagir viu o sangue espirrar no capuz branco do amigo, enquanto ele rolava dolorosamente pelo chão. Ainda caído, Kullat disparou quatro argolas de energia contra Azio, acertando-o na perna e o impedindo de desferir outro golpe.

A batalha continuava sem trégua. O autômato era incansável e Kullat não se abalava, mesmo quando sua pele se rompia e sangue vertia em suas mãos a cada golpe dado na couraça do autômato. Azio também sentia uma espécie de dor, embora não no conceito físico da palavra. Quando seus golpes encontravam o campo de força de Kullat, sua pele e seus membros de metal sofriam diversos danos, enchendo seu cérebro de mensagens de perigo. Graças ao campo de força, esmurrar Kullat era como socar uma grande rocha, dura e impenetrável. Se um homem comum o golpeasse naquele momento, teria quebrado todos os dedos, além de sofrer sérias fraturas no braço. Mas Azio era um autômato, por isso sofria danos infinitamente menores.

Thagir via raios luminosos, faíscas multicores e o vulto dos dois magos em combate no andar de cima. À sua frente, o dourado de Azio se mesclava com o branco pérola de Kullat, em uma dança brutal. O fogo branco dos punhos de seu amigo bailava no ar, serpenteando e criando faíscas a cada movimento. Rajadas de energia iluminavam a batalha, explodindo no corpo metálico e fazendo o autômato cambalear. Azio analisou o inimigo e definiu uma estratégia. Puxou o manto de Kullat para si e, com força, o jogou contra a grande mesa de mármore do salão.

Kullat girou no ar e caiu de costas sobre a fria rocha. Mal conseguiu se levantar, o autômato já estava praticamente em cima dele de novo. Sem emoção, Azio começou a golpear como se seus braços fossem dois pilões, mas, instantes antes do primeiro golpe, um casulo azul surgiu ao redor de Kullat. O impacto de cada murro era devastador, e o Senhor de Castelo sentia o mármore rachar sob suas costas. A pressão era forte demais, e não havia espaço para um contra-ataque.

Com grande esforço, Kullat concentrou o casulo em volta de Azio, impedindo o autômato de continuar a golpear. Ele sabia que não poderia contê-lo com aquilo, mas era uma forma de conseguir ficar em pé novamente. Por alguns instantes Azio parecia preso dentro de uma bola de energia, mas se libertou com facilidade.

Enquanto Kullat e Azio lutavam em cima da pesada mesa de mármore, Thagir procurava a arma de cristal. Seus pés ardiam de dor. Através das janelas de vitrais quebrados, viu alguns Maioles lutando contra soldados Karuins perto do lago externo. A batalha fora do salão também não havia terminado. Com um gemido de dor, olhou novamente para os guerreiros ali dentro. O combate agora estava restrito a poucos centímetros. Com os braços estendidos para cima e os corpos praticamente colados, um segurava o punho do outro, forçando o oponente a ceder. A vantagem de Azio era que nunca se cansava, ao contrário de Kullat, que já demonstrava sinais de fadiga.

Um som altíssimo, como um rugido animalesco, preencheu a sala, e luzes violeta, vermelhas e roxas explodiram no andar de cima. O autômato se desvencilhou de Kullat, ergueu os braços acima da cabeça, no mesmo movimento de quando quebrara o chão acima da sala, e golpeou vigorosamente. A mesa onde estavam se quebrou ao meio, fazendo o barulho de uma árvore rachando. Uma enorme nuvem de pó se levantou ao redor deles. Um segundo golpe idêntico, mas muito mais potente, foi desferido contra Kullat, que estava atordoado. A força foi tamanha que enterrou o Senhor de Castelo no chão até a cintura.

Semiconsciente, Kullat esperou o golpe final do autômato. O sangue, vindo de um corte fundo no supercílio direito, lhe nublava a visão. O capuz estava sujo de pó e molhado de sangue, com manchas vermelhas. Seus punhos brilhavam fracamente. O escudo energético não existia mais, e o gigante de metal estava prestes a desferir o golpe final.

Sylar duelava, com duas espadas verdes de energia, contra a lança energética de Kendal. Cada movimento era calculado, e ambos lutavam aguardando um erro do adversário. Nem mesmo a entrada de alguns soldados de Kendal no salão, seguidos por um pequeno grupo de soldados Maioles, os fez mudar de estratégia, pelo risco de abrir uma brecha para o ataque inimigo.

Enquanto isso, sangue continuava a escorrer do ferimento no ombro de Laryssa, penetrando e correndo pelos sulcos da pedra fria onde ela estava deitada. O filamento vermelho percorreu toda a extensão da rocha e estava a apenas alguns centímetros do Globo Negro. Na tentativa de se libertar, ela forçava cada vez mais o ferimento, dando passagem para o precioso líquido sair de seu corpo e percorrer o caminho até a estranha esfera, que girava e zunia como se estivesse viva. Quando duas gotas de sangue caíram na superfície do Globo, uma violenta explosão sacudiu o salão. Um som, como um rugido animalesco, pôde ser ouvido até pelos soldados que lutavam no pátio da Torre Branca de Mármore. Luzes em tom de violeta, vermelho e roxo de súbito iluminaram o ambiente.

De dentro do Globo Negro saiu uma enorme luz, semelhante a um olho branco e preto, e arremessou-se pela abertura da abóbada do salão de sacrifícios, projetando-se velozmente para o céu, ao encontro da lua crescente. O gigantesco e horripilante olho subiu centenas de metros no céu, e a cada metro o som do rugido ficava mais alto e aterrorizante, fazendo congelar o coração dos soldados. As poucas nuvens que estavam no caminho desapareceram com a passagem da luz.

Como uma ave agourenta, o olho prolongou seu rastro, fez uma curva e virou-se em direção ao solo, descendo sobre os exércitos em luta. Muitos dos combatentes largaram as armas e se debruçaram diante da visão maligna que os oprimia. Outros tamparam os ouvidos, tentando fugir do rugido malévolo. A esfera de luz e sombras então penetrou novamente a abóbada do salão e retornou ao ponto de origem, chocando-se contra o Globo Negro, que girava furiosamente, e gerando uma onda de energia que se espalhou por todos os lados. Uma explosão de energia multicolorida atingiu violentamente todos que estavam ali. Tanto Sylar quanto a criatura-Kendal começaram a tremer e foram lançados ao chão.

O Globo Negro havia despertado.

O Chamado

Durante a batalha com Kullat, o cérebro de Azio se enchia de mensagens.

"Barreira azul – Destruir"

"Alerta – Alerta – Danos irreparáveis"

"Níveis de energia baixando"

No momento em que ia lançar o golpe final sobre o Senhor de Castelo, uma das mensagens acionou sua matriz interna e sua diretriz principal surgiu.

Uma voz familiar o invocava:

– AZIO! AZIO! PRECISO DE VOCÊ AGORA!

"Comando de voz – Prioridade máxima! Proteger! Proteger!"

Todas as demais ações se tornaram secundárias em sua mente eletrônica.

O chamado vinha do andar de cima, onde um rugido animalesco e ensurdecedor era acompanhado de explosões de luzes violeta, vermelhas e roxas. Sem desferir o golpe final no homem caído a seus pés, o autômato seguiu o que sua matriz interna havia definido e foi ao encontro da voz que o comandava.

Kullat, ainda prostrado, não conseguiu manter a consciência e desmaiou.

Azio olhou para cima, em direção às luzes brilhantes, e emitiu um silvo. Com agilidade e velocidade, andou até ficar embaixo do buraco, impulsionou as poderosas pernas mecânicas e saltou para o andar superior, deixando Thagir e Kullat derrotados. Com um baque seco, aterrissou no salão e procurou com o olho bom a pessoa que emitira o comando. Sylar estava caído, tremendo perto do buraco da porta. Do outro lado, a criatura-Kendal se contorcia no chão. Ambos estavam envoltos em ondas energéticas. Vários soldados Maioles e outros de Agas'B jaziam mortos no chão. Cada corpo emanava uma fumaça branca, como se um raio os tivesse assado vivos. Azio se virou e viu Laryssa no topo da escada, de pé ao lado do único soldado Maiole vivo dentro do salão. O soldado havia libertado a princesa e a segurava delicadamente com um braço. Ela tremia, coberta pelo lençol branco manchado de sangue e com o ombro esquerdo ferido.

O autômato cruzou o salão rapidamente, ignorando todos no caminho.

– AZIO! – ela gritou novamente, apoiando-se no soldado.

Laryssa olhou para o autômato com muita pena. A beleza dourada de seu corpo deixara de existir. O peito estava totalmente retorcido, a boca e os ouvidos estavam amassados e um dos olhos era agora um emaranhado de fios soltos.

– Princesa Laryssa! Vim atender ao seu chamado – respondeu ele com sua voz metálica.

Momentos depois de Azio sumir pelo teto, Kullat recuperou a consciência e começou a se levantar vagarosamente, saindo com dificuldade do buraco que o poderoso golpe do autômato havia criado. Tremendo, foi ao encontro de Thagir, que estava deitado no chão com fortes dores nos pés. Ao ver o amigo, o pistoleiro sorriu debilmente.

– Precisamos achar a pistola de cristal – disse com um gemido.

Kullat concordou com a cabeça e olhou em volta, esperando encontrar a arma. A sala estava destruída, com pedaços de vidro e mármore espalhados pelo chão empoeirado. Andou um pouco, colocando a mão na cabeça para aliviar a dor e tentar se concentrar na busca.

– Ali! – ele apontou para um canto da sala. – Embaixo daquele pedaço de mármore! – Levantou com dificuldade a pedra e pegou a arma.

A voz de Kullat era fraca. Seu manto estava manchado de sangue e as mãos não tinham brilho. Tentou emitir energia e não conseguiu.

– Você está muito ferido! – falou o pistoleiro, preocupado.

Kullat não respondeu. Com grande esforço, que o fez tremer ainda mais, juntou as mãos e conseguiu criar uma pequena plataforma azul embaixo do pistoleiro, suspendendo-o no ar. Com dificuldade, levantou voo devagar, levando o pistoleiro a reboque em direção ao buraco no teto.

Sylar se contorcia de dor com as ondas de energia maléfica que percorriam seu corpo. Sabia que só estava vivo graças ao seu poder, mas, por mais que tentasse se libertar, não era forte o suficiente para vencer a magia do Globo Negro. Como o ritual não tinha sido completado, o poder do artefato estava livre e sem controle. Em meio a contrações e dores, Sylar tentou proferir alguns feitiços, sem sucesso. Seu anel também não conseguia quebrar a força que o envolvia. Usou todo seu conhecimento, mas seus esforços foram em vão e as dores só pareciam aumentar.

O Globo Negro flutuava, emitindo sons loucos e agudos. Kendal viu Azio andar até Laryssa e percebeu que, quanto mais tentava se libertar da magia que o envolvia, maior era a pressão recebida. Parecia que sua força alimentava o feitiço que o atacava. Debatia-se sem sucesso, beirando a exaustão. Entre tremedeiras, pensou que todos os seus planos estavam sendo frustrados.

– *Libh'mee jakta* – murmurou de olhos fechados em uma língua muito antiga.

Abriu os olhos e deles saíram dois raios vermelhos como sangue, que rodearam seu corpo com rapidez. Um líquido cinza oleoso começou a escorrer de sua boca e seus ouvidos. Seu corpo diminuiu de tamanho. À sua volta, o líquido se separou em sete partes e voltou a formar os Dhuggaols. Kendal e os seres agora estavam envoltos na energia do Globo Negro. As criaturas sombrias se voltaram para Kendal e conseguiram jogá-lo para fora da armadilha energética, fazendo-o cair de costas perto da porta quebrada. Sem se levantar, ele gritou:

– AZIO! EU SOU SEU MESTRE!

Um forte estalo na caixa torácica do autômato deixou Laryssa preocupada. O olho bom de Azio piscou. Ele tentou se afastar da princesa com passos decididos, mas um gesto dela o impediu.

– Não faça isso! Você não precisa seguir as ordens de ninguém. Você é livre. Sempre foi!

O autômato pareceu relutar por um momento, mas voltou a caminhar sem demonstrar nenhuma emoção.

– Amigo! – ela continuou, com lágrimas nos olhos. – Não obedeça. Por favor!

– TRAGA O GLOBO NEGRO ATÉ MIM, SEU IDIOTA! – gritou Kendal, levantando-se do chão. – OBEDEÇA AGORA!

O combatente Maiole que estava ajudando a princesa se posicionou para atacar Kendal. Um raio escarlate cruzou o salão e atingiu o peito do soldado. No local do impacto surgiu um buraco, e Laryssa viu a energia penetrar o corpo de seu libertador e consumi-lo de dentro para fora, como se sua energia vital o abandonasse, transformando-o em um monte retorcido e seco de carne.

Kullat e Thagir pousaram no salão com dificuldade. Quando Laryssa viu os dois Senhores de Castelo cobertos de sangue, ficou ainda mais assustada. Kullat tremia a ponto de quase não conseguir parar em pé. Thagir estava deitado com uma expressão de dor e parecia procurar alguma coisa no chão.

A princesa começou a chorar ao ver o autômato lhe dar as costas e caminhar em direção ao Globo Negro. Em desespero, caiu de joelhos ao lado do corpo inerte do soldado anfíbio.

– Azio! – gritou entre soluços. – Ser livre é escolher!

Com o corpo rangendo e estalando, Azio andou até o Globo Negro e o segurou. O objeto reagiu ao seu toque. As cores rodopiaram em um redemoinho e se mesclaram em um negro macabro, e o zumbido aumentou freneticamente. O corpo do autômato tremeu com violência. Fagulhas e faíscas saíram pelo buraco em seu peito. Momentos depois, seu único olho piscou rapidamente e se apagou, a cabeça pendeu para frente e o corpo inteiro ficou inanimado.

Vendo que seu servo robótico estava desativado, Kendal foi rapidamente ao encontro do Globo Negro, que ainda estava preso nas mãos de Azio. Naquele instante, teve a certeza de que nada poderia detê-lo e que todos os seus inimigos estavam fora de combate. Com ar de triunfo, tocou o Globo Negro com as mãos e fechou os olhos. Um poder estranho e sinistro percorreu seu corpo e o fez sorrir. Sua mente voltou a um momento crucial quinze anos antes, quando recebera o anel com a gema azul-celeste e as instruções de Volgo, seu mestre, no porto de Aram. Finalmente seu destino estava cumprido. Era o momento que ele e Volgo aguardavam havia tantos anos.

Esperança de Cristal

Kullat estava tão fraco que mal conseguia ficar em pé. O corpo estava arqueado, e os punhos não brilhavam mais. Concentrando-se o máximo que pôde, esticou os braços à frente do corpo e abriu as mãos, na tentativa de lançar ao menos um último golpe de energia. Um brilho fraco apareceu timidamente na palma das mãos, mas se apagou logo em seguida.

Quando chegou ao salão, Thagir já tinha um plano. Com a pistola de cristal de Amadanti, dispararia três balas contra Kendal e as duas restantes em Azio. Ele sabia do grande poder da arma e da raridade da munição, mas, quando apertou o gatilho, a arma fez um clique seco e não disparou tiro algum.

Surpreso, ele notou que havia uma pequena rachadura no cabo da pistola e que a primeira das finas balas de cristal havia entortado e travado antes de chegar à posição de tiro.

Desânimo e frustração tomaram conta do pistoleiro.

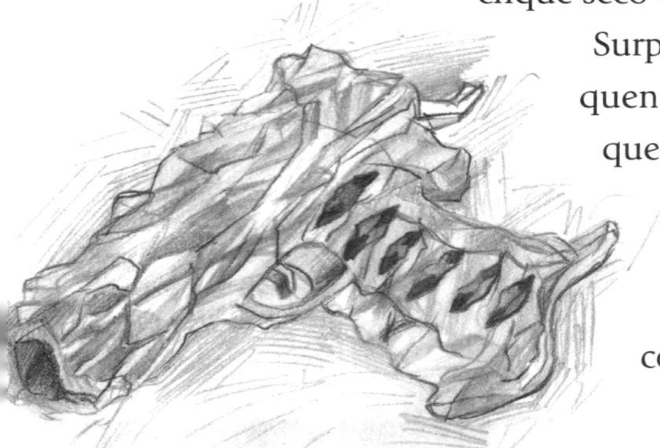

Pistola de cristal de Amadanti, arma forjada com magia antiga cuja munição consumiu toda a Maru do mago que a criou.

Livre-Arbítrio

Kendal tentava receber a energia do Globo Negro, mas sentia que algo estava interferindo no fluxo de poder e o impedindo de conseguir a plenitude da magia. Teve certeza de que o autômato, que ainda segurava o artefato, era o elemento que desestabilizava a absorção. Tentou puxar o Globo para si, mas sentiu uma forte resistência. Para sua surpresa, quando tentou novamente, sentiu o autômato retrair os braços. O olho de Azio piscou em vermelho e a seguir brilhou intensamente em branco.

Em sua matriz interna, uma mensagem piscava:

"Diretriz primária deletada"

"Configuração básica restaurada"

– Solte! – ordenou Kendal.

Azio não respondeu. Mantinha o artefato preso entre as mãos, ignorando a ordem recebida.

– Seu inútil. SOLTE AGORA!

O autômato não se mexeu. Kendal continuou gritando:

– Sua raça sempre foi de servos e escravos. Você é MEU ESCRAVO! SOLTE O GLOBO AGORA!

Em uma atitude desesperada, Laryssa esqueceu a dor no ombro e correu até o ser de metal.

– Azio, você é livre! – gritou em meio aos zumbidos do Globo Negro. Com lágrimas nos olhos, completou:

– Você é meu amigo...

A resposta do autômato foi um rápido movimento do braço esquerdo, que pegou a princesa desprevenida e a jogou longe, derrubando-a perto dos Senhores de Castelo. O golpe foi tão rápido e inesperado que Kendal só o notou depois que Azio já segurava novamente o artefato com as duas mãos. O feiticeiro tentou mais uma vez puxar o Globo Negro, mas parou quando sentiu uma estranha flutuação na energia do objeto. Sentiu com os dedos uma rachadura surgir na superfície, olhou curiosamente e arregalou os olhos com o que viu. A superfície do Globo Negro parecia toda trincada.

Um som como um grito de dor tomou o lugar do zumbido que o objeto emitia. Kendal não entendeu o que estava acontecendo até perceber que o autômato forçava brutalmente as mãos contra a superfície do Globo Negro.

– PARE! VOCÊ VAI DESTRUIR TODOS NÓS!

Mas o autômato aumentou a pressão. Suas mãos vibravam entre as faíscas que surgiam das rachaduras. Seus dedos metálicos começaram a perfurar a superfície do Globo. Uma nova explosão de luz e som surgiu entre Azio e Kendal.

Brilho que se Apaga

Os soldados Maioles combatiam seus adversários com ardor e empenho nos lindos jardins da Torre de Mármore. Um deles trocava golpes de espada com um soldado de Agas'B quando sentiu um tremor sob os pés. Ao ver luzes de fogo saírem do palácio, seu adversário largou a espada e correu para longe. O Maiole ficou horrorizado com a cena.

A Torre de Mármore parecia estar sendo consumida por uma erupção vulcânica. As luzes desabavam como lava pelas janelas do salão principal do templo e subiam freneticamente rumo à escuridão do céu. Sons como gritos de dor e loucura feriam os ouvidos dos combatentes no pátio externo da fortaleza.

Aqueles que estavam dentro do salão sentiam ainda mais os efeitos da grande onda de energia liberada rumo aos confins da noite. Laryssa viu Azio despedaçar o Globo Negro com as mãos segundos antes de uma força descomunal lançá-la novamente ao chão. Os Dhuggaols gritavam em sua prisão de energia e foram diluídos pelas ondas de choque como fumaça carregada pelo vento. Kullat e Thagir sentiram a luz penetrar seus músculos e ossos com força, deixando-os atordoados, com um estranho som nos ouvidos e um gosto ácido na boca.

A magia que prendia Sylar também se desfez quando a onda de luz se chocou contra a prisão energética. Mas os mais afetados pela explosão foram Azio e Kendal. A energia amarelada em forma de ondas e chamas passou por eles e os fez tremer violentamente, como se estivessem recebendo descargas de energia pelo corpo todo.

A energia subiu até a abóbada e se lançou contra o céu negro da noite. Um gigantesco olho em chamas surgiu do emaranhado de energias que circundavam o Globo Negro. O olho flamejante cresceu e tomou quase todo o salão. Com um baque seco, foi rapidamente diminuindo e se dirigindo, com toda a energia que estava espalhada, de volta para o artefato. Quando a última fagulha de energia retornou, o objeto encolheu e explodiu em milhões de fragmentos, que viraram fumaça.

Kendal sentiu com dor todo o fluxo de energia, desde a explosão inicial até o último momento, quando o artefato foi consumido. Por mais que se esforçasse, não conseguia se livrar dos dolorosos e quentes golpes de energia que o atingiam. Quando o último fragmento do Globo Negro sumiu no ar, o feiticeiro tentou se mexer, mas sentiu as pernas duras. Seu corpo se enrijecia de baixo para cima, começando pelos pés e subindo para os joelhos e coxas. Em poucos segundos, a dor já afligia seu abdômen, espalhando-se pelo tronco e pelos braços.

– Mestre Volgo – sussurrou em desespero. – Me perdoe... – Nem ele mesmo pôde ouvir sua voz. Acabara de perder o controle da boca. O brilho do anel azulado, que comandava os Dhuggaols, se extinguiu e a pedra escureceu. Kendal havia se transformado em um monumento opaco, cinza e macabro no salão real do castelo.

Quando Laryssa olhou novamente na direção do altar, viu duas figuras imóveis: uma espécie de escultura cinzenta, como carvão queimado, e um ser dourado estirado no chão, com um olho a piscar lentamente em vermelho. Ela correu até Azio.

– Amigo... – disse baixinho, com doçura.

O autômato piscou novamente e emitiu fracos estalos e sons no peito retorcido e queimado. A princesa chorou ao vê-lo tremer e chacoalhar a cabeça repetidamente.

– P-p-para t-t-tudo na vida... – ele gaguejou com sua voz metálica, agora distorcida pelos danos que sofrera – há u-uma e-es-escolha...

A voz sumiu em um estalo e a luz do olho que encarava a princesa se apagou.

Rendição

Sylar havia se libertado e ajudava Kullat a se levantar. O Senhor de Castelo tentou falar, mas o mago apenas balançou a cabeça calmamente. Voltou-se para Thagir e criou, com seu anel verde, duas bolas de energia, que envolveram os pés do pistoleiro como se fossem botas energéticas, permitindo que flutuasse de pé a alguns milímetros do chão.

– Posso carregá-lo assim? – perguntou com gentileza.

O pistoleiro apenas acenou positivamente com a cabeça. Os três foram até a figura cinzenta, surpresos com a expressão de horror esculpida na face do tirano. Várias rachaduras apareceram na superfície de cinzas. Para espanto de todos, uma leve brisa penetrou o salão pela abóbada e desmanchou a estátua em segundos, deixando um amontoado de pó escuro no chão.

Laryssa chorava copiosamente. Em poucos minutos quase perdera a vida, descobrira que Kendal não era seu pai e que seu antigo inimigo na verdade era a única família que lhe restara. Além disso, seu mais fiel amigo havia sido destruído. A princesa estava ferida no corpo e na alma. A vida parecia não ter mais sentido. Sylar, vendo que Laryssa estava vestida somente com um enorme trapo, começou a tirar o manto, mas Kullat o impediu e levou as mãos à cabeça, retirando seu próprio capuz e manto para cobrir a princesa.

Uma expressão de grande surpresa surgiu no semblante de todos ali presentes.

O rosto do Senhor de Castelo estava disforme. Do lado direito, um corte no supercílio tinha grandes porções de sangue coagulado. A carne ao redor do olho exibia tons de roxo e vermelho, tão inchada que Kullat não conseguia abrir as pálpebras. Na bochecha havia hematomas, e um filete de sangue seco no canto da boca. Do lado esquerdo, havia um inchaço logo à frente da orelha, próximo ao maxilar, e dois cortes no queixo. Com um meio sorriso nos lábios inchados, Kullat retirou seu manto e com ele cobriu as costas da princesa.

Sylar olhava para Kullat com pesar, mas estava admirado com o poder daquele homem. Thagir pegou no ombro do amigo com suavidade.

– Você está bem? – havia preocupação no tom de voz.

– Estou – a resposta saiu baixa.

Com lágrimas nos olhos, Thagir o abraçou intensamente, como alguém que abraça um irmão após uma longa ausência.

– Olhem! – Sylar apontou para o autômato caído.

Eles viram o olho de Azio voltar a brilhar fracamente. Do interior do autômato veio um cheiro de metal queimado, como se algumas soldas tivessem sido feitas havia pouco tempo. Sons chiados na linguagem estranha que Kullat e Thagir tinham ouvido na primeira vez que viram o humanoide puderam ser novamente percebidos.

– 01% de apoio emergencial %110 101% ativar.

Um sorriso iluminou o rosto da princesa quando viu o amigo se levantar com dificuldade.

– AZIO! – ela gritou. – Você está vivo! – Mas seu rosto foi tomado pelo espanto no instante seguinte. – Azio, NÃO!

Ele estava de pé e, com o único olho fixo em Kullat, começou a andar com dificuldade em direção a ele.

Sylar apontou seu anel verde para a cabeça de Azio.

– Pare! – gritou, mas o autômato o ignorou.

Azio chegou perto de Kullat e estancou, encarando-o com o olho brilhante. Por um instante ambos se olharam, cada um com seu único olho bom.

Então, com um movimento suave e respeitoso, o autômato se curvou em reverência ao homem à sua frente. Espantado, Kullat imitou o movimento do ser dourado, devolvendo orgulhosamente o cumprimento.

O som de gritos chamou a atenção do grupo para o lado de fora do salão. No pátio externo, os soldados de Agas'B e os Karuins largavam as armas e se rendiam. Os Maioles erguiam as mãos para o alto, em sinal de vitória.

LEGITIMIDADE

No mesmo dia, a notícia da queda de Kendal começou a se espalhar e rapidamente era de conhecimento de todos no reino de Agas'B. Em Pegeo, os pescadores se reuniram nas tavernas para comentar o ocorrido na Torre de Mármore. Os relatos variavam, mas todos falavam sobre o grupo de heróis – um homem de manto branco, um pistoleiro, a princesa e o autômato.

Na manhã seguinte ao combate no castelo, os feridos foram tratados e os mortos devidamente honrados. Gialar e Ledge foram cremados, e as cinzas depositadas nos Mares Boreais, com todos os rituais merecidos pelos Senhores de Castelo. O brilho de seus nomes foi extinto do grande monumento memorial situado na ilha de Ev've e seus feitos foram registrados no Livro dos Dias.

Kullat mostrava sinais de melhora, após ser tratado pelo habilidoso curador real. Seu rosto desinchou um pouco e o olho esquerdo já podia se abrir parcialmente, embora permanecesse bastante roxo.

Thagir ganhou um par de botas especiais, que lhe permitiam andar um pouco, embora os pés ainda estivessem quebrados.

A situação da princesa Laryssa era pior, não pelos ferimentos físicos, mas pelo abalo emocional. Por horas ela chorou. Kendal, o único pai que conhecera, quase a matara. Sylar, antes seu inimigo, se mostrara um verdadeiro líder e um homem inigualável.

Ela e o mago ainda não tinham tido tempo de conversar, pois, com os soldados Maioles, ele ajudava os feridos de ambos os lados, não importava por quem haviam lutado. Suas ordens e comandos eram imediatamente obedecidos, mesmo por aqueles que nunca o tinham visto. Sua voz era, às vezes, dura e áspera, pela urgência de salvar vidas; outras vezes, era serena e triste, quando precisava dar adeus aos mortos. Mesmo Kena e Chibo, que Laryssa não faria nenhuma questão de honrar, foram devidamente respeitados e enterrados no cemitério nos fundos do palácio.

A princesa tinha ainda outro pensamento a lhe corroer o coração. Durante a batalha, Kendal dissera que ela era filha de Sylar. Durante três dias isso a incomodara, mas ela decidira que precisava de um tempo sozinha antes de conversar com o mago. Até que, na terceira noite, Sylar pediu que ela e os Senhores de Castelo se juntassem a ele no jardim do palácio real. Azio, já totalmente autorreparado, e Laryssa se sentaram em confortáveis poltronas em um grande espaço verde entre as árvores. Kullat apoiou Thagir, que ainda mancava, e o ajudou a se sentar também. O feiticeiro chegou pouco depois.

A noite era agradável, com o céu estrelado. Laryssa mexia as mãos, irrequieta e tensa, sentada entre Kullat e Azio. Ela e o mago se olharam, e ambos sabiam que aquela noite seria repleta de emoção. Então Sylar pediu a atenção de todos.

– Antes de falarmos – disse com um sorriso –, há uma pessoa que gostaria de vê-los.

Uma grande figura saiu da porta lateral do castelo. Kullat sorriu ao reconhecer o rosto redondo e os cabelos loiros que caíam pelos ombros da visitante.

– Yaa! – exclamou com alegria.

A mulher volumosa se inclinou em sinal de respeito. Laryssa estava surpresa com a presença da Mãe de Todas as Fadas entre eles.

– Meus amigos, fico feliz em encontrá-los bem – ela se sentou perto de Thagir, que a recebeu com um grande sorriso. Depois olhou para Kullat e disse que o Senhor de Castelo de Oririn parecia um pouco colorido demais no rosto, por causa do vermelho e roxo de seus ferimentos. O grupo todo riu, incluindo Kullat.

– Imagino que se perguntam por que Yaa está aqui – disse Sylar depois que as risadas silenciaram. Sua voz era séria e chamou a atenção de todos para suas palavras. – Ela veio atender um pedido meu.

Laryssa sentiu um calafrio. Sabia, de alguma forma, que tudo estava relacionado a ela. Sob o olhar brilhante da rainha Yaa, estremeceu, agarrando com os dedos nervosos o manto espectral de Kullat.

– O que direi não pude revelar antes por causa de um juramento – disse Yaa, olhando para Sylar. – Mas é chegada a hora – falou olhando para Laryssa. Sorrindo, continuou:

– Quando a princesa Laryssa nasceu, o reino de Agas'B era governado por um jovem rei, que tinha apenas 28 anos quando foi coroado. Era uma época próspera e de bem-estar para o povo. Em seu reinado, o exército real e as milícias jamais entraram em combate contra inimigo algum, nativo ou estrangeiro. Sábio, apesar da pouca idade, o rei tinha em seu conselho dois Senhores de Castelo, oriundos do próprio mundo de Agas'B.

Yaa parou um instante e olhou para Sylar com ternura. Voltou sua atenção ao grupo e continuou:

– O castelo ficava nas planícies de Alons. Após o quarto ano do nascimento da princesa, porém, tudo mudou. Revoltas começaram a ocorrer nas principais cidades do reino. Em Bordina, várias pessoas morreram por tentar conspirar contra o rei. Outras cidades sofriam com saques e roubos. O caos veio quando o jovem rei foi acusado de matar a rainha por ela ter um caso, e diziam que a princesa seria, na verdade, filha de outro homem. Corriam boatos de que soldados reais haviam encontrado o rei agachado com o corpo sem vida da rainha no colo. Auxiliado pelo poder mágico de um anel azulado que o rei nunca tinha visto antes, o conselheiro real Kendal enfeitiçou a guarda, mandou prender o rei, se intitulou soberano e adotou a princesa como filha, até que ela pudesse sentar ao trono. Também tirou os Senhores de Castelo do conselho e os isolou na cidade de Dokre. Orgulhoso, mudou o nome da cidadela real para Kendal, em uma auto-homenagem.

Laryssa estava chocada. Ela, que passara a vida toda pensando ser filha de Kendal, agora descobria que era realmente descendente do mago Sylar, com quem sua mãe havia tido um caso. Tentou protestar, mas Kullat segurou sua mão com delicadeza.

– Laryssa não se lembra disso porque era ainda criança quando foi dominada por um feitiço muito poderoso de Kendal. Ele jamais permitiria que a princesa descobrisse que ele não era seu verdadeiro pai. Ambicioso, Kendal não se contentou com o reino de Agas'B. Durante anos, estudou a história do Globo Negro e conseguiu encontrar três dos quatro fragmentos perdidos. Mas nunca descobriu como achar o último – Yaa disse com calma. – Mas, diferentemente do que Kendal planejava, a princesa fugiu para encontrar sozinha o último fragmento e provar o seu valor. Os Senhores de Castelo Gialar e Ledge foram capturados por Chibo, o mercenário, que recebeu a missão de levar a princesa até Kendal depois que ela encontrasse o quarto e último fragmento.

– E o que aconteceu com o rei? – Kullat perguntou com grande curiosidade.

– O jovem rei Larys conseguiu fugir pouco depois de ter sido preso e vagou por vários mundos, através dos Mares Boreais, com a intenção de voltar para Agas'B e enfrentar Kendal quando estivesse preparado – Yaa levantou os olhos para Sylar, como se esperasse que ele completasse sua resposta. O silêncio do jardim só foi quebrado pelos estalos de Azio, que estava imóvel ao lado de Laryssa.

– Adotei o nome Sylar anos atrás, mas na verdade sou Larys – o mago conseguiu dizer em um sussurro.

A revelação surpreendeu a todos. Laryssa se levantou com lágrimas nos olhos, indecisa quanto aos sentimentos que brotavam em seu coração. Chorava, incapaz de controlar suas emoções. O conforto só chegou quando sentiu dois braços a envolvê-la.

O verdadeiro rei havia recuperado sua filha.

MOTIVOS

Com Laryssa nos braços, Larys olhava para os demais com alegria. Havia esperado longamente pelo momento em que abraçaria sua filha. Durante anos de treinamento e estudo, jamais desistira do amor que nutria por ela. Enquanto ela chorava, ele lhe dizia palavras de afeto e carinho, passando a mão pelos cabelos curtos da filha e a puxando para perto de si. Aos poucos ela foi cedendo, encontrando amor em cada palavra e conforto nos olhos dele. Por fim, seu choro cessou, e ela limpou as lágrimas com a mão.

Laryssa sentia algo estranho correr dentro de si. Uma força poderosa, como a luz do sol a banhar-lhe por dentro. Então, naturalmente, um brilho de várias luzes coloridas invadiu sua mente. Ela viu o pai escalar uma montanha e ser recebido por uma linda mulher de cabelos escuros. Sentiu a força do amor entre eles. Um lampejo de luz rasgou sua mente, então ela soube que nunca houvera uma rainha. Aquela que Larys fora condenado por supostamente matar fora uma ilusão criada por Kendal. Com os olhos marejados, a princesa viu Larys sofrer em silêncio na prisão enquanto uma figura familiar estava distante, em um castelo branco. Viu Larys conversar pela janela de sua cela com uma mulher refletida na lua, prometendo cumprir sua palavra quando estivesse livre. Ela sabia que aquele rosto na lua era o de sua mãe. E agora sabia quem ela era.

– Você é minha mãe! – Laryssa exclamou com alegria para Yaa.

A velha senhora sorriu e a abraçou com força, sob o olhar espantado de Kullat e Thagir.

– O silêncio termina aqui, Larys! – disse a grande senhora, ainda abraçando a princesa.

– Sim. Eu agradeço – ele respondeu com um sorriso.

– Há um elo muito antigo entre homens e fadas – Yaa continuou, ainda abraçada a Laryssa. – Uma magia que vem desde a criação dos reinos e mundos. Quando um homem ama uma fada, essa magia é despertada. Ela permite que a fada tenha uma criança como fruto de seu amor pelo humano. E, depois de séculos de solidão, meu coração se abriu para o jovem rei Larys. Mas eu também tive de pagar o preço.

Yaa enxugou uma lágrima solitária que lhe correu pelo rosto redondo.

– O preço foi o silêncio, meus caros – concluiu com serenidade. – Lembram quando falei que a criança volta para o mundo dos homens e que um dia reconhece sua verdadeira natureza? Foi isso que aconteceu agora. Quando a criança volta para o mundo dos homens, seu pai não pode lhe contar sobre sua mãe até que a criança reconheça em si mesma a magia que flui em suas veias. Laryssa agora sabe quem é de verdade. Larys é seu pai e eu sou sua mãe. Pelas juras de silêncio agora quebradas, posso dizer isso com grande amor no coração.

– Isso explica a capacidade de Laryssa de conversar com os animais, e também por que você não nos contou quando estávamos no Castelo de Gelo. O pacto não permite sua interferência nas ações do mundo humano, certo? – Thagir perguntou.

– Precisamente – respondeu Yaa.

– Mas então por que Kendal não me matou antes? – Laryssa quis saber, ainda abraçada à mãe.

– Por dois motivos – Yaa disse seriamente. – Primeiro, ele achava que precisava de você para encontrar a última peça do Globo Negro. E, segundo, para o ritual funcionar. Ele precisava que o sangue real feminino fosse fresco, compensando o sangue real masculino, que estava preservado magicamente desde a luta na caverna, onde Chibo conseguira ferir e colher o sangue de Larys.

O mago balançou levemente a cabeça e completou:

– Tive que lançar a magia de luz paralisante para recuar e me recuperar do ferimento.

– Mas por que você feriu Noiw? – Laryssa perguntou.

– Não fui eu! A magia de luz não paralisou Chibo, como eu esperava, apenas o cegou momentaneamente, e ele, em sua fúria, atingiu Noiw.

A princesa baixou a cabeça com pesar, lembrando-se de seu amigo e protetor, e, depois de um longo suspiro, a chacoalhou, como se estivesse espantando maus pensamentos.

– Então, Chibo precisava de mim viva, e Noiw era apenas um obstáculo. A magia em mim veio da senhora, e o sangue real de Agas'B veio de Larys. Isso explica tudo!

Emocionada, ela abraçou Yaa e o rei com ternura. Apesar de ainda sentir carinho pela figura de Kendal, seu coração finalmente estava em paz.

O Banquete Real

Três semanas depois da revelação sobre os pais verdadeiros da princesa, um banquete foi organizado no palácio real. Vários homens e mulheres da cidade se dispuseram a organizar a festa de restauração do verdadeiro reino de Agas'B. Com parte do tesouro do palácio, mercadorias e provisões foram compradas por todo o reino. Peixes e carne de címalo foram trazidos de Pegeo. Grandes quantidades de carne vermelha e produtos como farinha, trigo, sal, açúcar e demais ingredientes vieram de Bordina em comboios de carroças e carruagens. De Or, comerciantes trouxeram frutas secas.

Todas as cidades do reino receberam convites especiais em pergaminho. Mensageiros convidaram os regentes dos outros reinos a visitarem o rei que retornara ao trono de Agas'B. O rei não se esqueceu dos desafortunados, convidando as crianças de Pegeo e enviando um agradecimento especial a Bifax na prisão por tê-las ajudado. Dorik reencontrou seus amigos quando chegava com uma grande carroça repleta de barris.

– Kullat! Thagir! – exclamou com alegria.

– Dorik! – gritou Kullat, abraçando o amigo.

– Fico muito feliz em vê-los!

– Digo a mesma coisa, meu amigo! – respondeu Thagir. – Mas o que você está fazendo aqui?

– Vim trazer barris de cerveja para a festa. Também tenho vinho e cuspe de dragão. O melhor que encontramos lá em Cim e Pegeo. Saibam que meu bar voltou a funcionar, depois que vocês dois o destruíram com aquelas coisas verdes. E agora é uma taverna digna dos melhores clientes!

O comentário arrancou risos dos Senhores de Castelo, e o taverneiro pediu para ajudá-los com os demais preparativos para a festa.

Conforme o dia passava, mais e mais visitantes chegavam em carroças carregadas. Os soldados Maioles mantinham a ordem no local. O sol já estava se pondo, e o pátio do palácio real estava lotado de convidados de várias raças esperando pelo primeiro discurso do verdadeiro rei. Quando ele e a princesa entraram pelo portão principal do jardim real, uma grande comoção tomou conta da multidão. Gritos e assobios encheram o ar. Aplausos e vivas eram ouvidos por todo o jardim. Alguns se emocionaram ao ver o rei pela primeira vez. Outros, principalmente os idosos, choravam de felicidade, pela esperança renovada de um novo futuro para o reino após tanto tempo de trevas.

O rei vestia uma armadura de luxo, com uma grande capa vermelha e branca. No peito, o símbolo de Agas'B brilhava sobre a prata do colete. A princesa usava um longo vestido vermelho, com finos adornos dourados no pescoço, que a contornava perfeitamente, deixando os braços e os ombros à mostra. Era possível ver a cicatriz em seu ombro, mas ela não se importava. Quando o rei se dirigiu ao centro do pátio, todos silenciaram.

– Povo de Agas'B, ouçam-me com atenção! – sua voz era forte e transmitia segurança e majestade. – Por muitos anos, vocês sofreram grandes perdas em nome de um lunático.

A multidão concordava com murmúrios e acenos de cabeça. O reino todo havia sido castigado por Kendal. Homens e mulheres morreram, cidades foram saqueadas e crianças esquecidas. Pobreza e miséria cresciam nos vilarejos, e o reino parecia ter mergulhado em uma era de sofrimento e dor.

– Essas perdas devem ser lembradas. Todas as injustiças e crueldades devem ser lembradas, pois um povo sem memória jamais terá futuro, porque nunca aprenderá com seus erros! – o rei fez uma pausa e, olhando novamente para seus súditos, continuou:

– Falo em nome de todos aqueles que morreram em combate. Todos aqueles que viram seus entes queridos morrerem de fome ou de doença. Todos aqueles que não estão mais aqui para celebrar. Celebrar uma nova era para o nosso reino!

A multidão parecia hipnotizada pelas palavras do rei. Sussurros de aprovação e de alegria começavam a ser ouvidos, mas logo foram silenciados quando o rei voltou a falar.

– Não prometo riqueza ou luxo. Tais coisas são irreais. Prometo apenas tentar. Tentar governar com justiça e sabedoria, para que todos nós possamos viver com felicidade. Governar para vocês, que são o verdadeiro rosto deste reino. Muito deste mundo é reflexo do que fazemos nele, portanto devemos ter dignidade, integridade e coragem. Dignidade para sermos quem somos. Integridade para que possamos nos ver como iguais e, por fim, coragem para sermos o que um povo deve ser: livre. Livre do mal e das trevas. Livre para ser feliz e responsável pelo futuro. Que agora sejamos livres e unidos!

A multidão explodiu em aplausos e gritos ao fim do discurso de seu legítimo soberano. Dorik sentiu lágrimas nos olhos e, sem vergonha nenhuma, as deixou rolar pela velha e cansada pele. Kullat, sem capuz, abraçou o *barman*, que chorava de alegria e esperança. Thagir sorriu para os amigos, aplaudindo o discurso do rei. Ao ver a reação do povo, o pistoleiro sentiu que a missão fora cumprida.

Ainda sob gritos e aplausos, a princesa se colocou à frente do rei e, com um gesto, pediu novamente silêncio.

– Toda batalha requer sacrifícios – iniciou, com a mesma majestade do pai. – Toda vitória requer escolhas. Nossa vitória sobre o falso rei se deveu aos sacrifícios que um, acima dos demais, fez. Este herói foi quem ensinou a todos nós a maior das lições. A de que o maior de todos os poderes, *o poder verdadeiro*, se encontra dentro de cada um. E este é o poder da escolha. Senhoras e senhores, eu lhes apresento nosso verdadeiro e maior herói. Azio, o salvador de Agas'B!

Do portão principal, surgiu uma figura dourada vestida com o uniforme da guarda real. A multidão olhava o autômato com um misto de admiração e surpresa. Laryssa começou a aplaudir e o povo a seguiu. No início o som era tímido, mas, à medida que Azio se dirigia para a mesa central, as palmas foram ficando mais fortes, até que se tornaram uma grande saudação ao ser metálico.

Kullat e Thagir aplaudiram com alegria. O Senhor de Castelo de Oririn levantou as mãos enfaixadas e soltou algumas bolas de energia, que explodiram no céu, iluminando todo o pátio.

O jantar foi servido ao som de uma música alegre. Pratos com os mais diversos alimentos eram passados de mão em mão e esvaziados pelos convidados. O rei Larys, Laryssa e Azio ocupavam o lugar de honra, na ponta da grande mesa. O autômato não comia, mas conversava com a princesa durante a refeição. Perto deles, Kullat, Thagir e Dorik falavam animadamente, contando o que havia se passado nas últimas semanas.

– Eu preciso agradecer a vocês, Senhores de Castelo – disse o rei, após terminar de beber um copo de vinho vindo direto de Bordina, cortesia de Mohause.

– Não é necessário, majestade – respondeu Thagir.

– Não, pistoleiro. Vocês vieram para nos salvar!

– Ainda não entendi por que Kendal os deixou vivos. Afinal, vocês são poderosos demais, e isso poderia ser um risco para ele – disse Laryssa, olhando para Thagir e Kullat.

Kullat suspirou. Após se servir de vinho, explicou que, depois da breve refeição na Torre Branca de Mármore, os três Senhores de Castelo voltaram a conversar. Gialar contara que Ledge e ele haviam sido capturados e que não foram mortos porque Kendal queria conquistar outros reinos e mundos com o poder do Globo Negro, mas precisaria de generais para comandar seu exército e arregimentar novos soldados.

Kendal tentaria subjugá-los, convencê-los a ser esses generais e auxiliá-lo a recrutar outros Senhores de Castelo. Gialar resistira, mas Kendal ainda tinha esperanças de convencê-lo. Ledge fora torturado por muito tempo, até a morte, pois o falso rei queria descobrir o segredo dos poderes sobre o vento, que o Senhor de Castelo havia aprendido a controlar. Thagir e Kullat poderiam ser os próximos a servi-lo. Caso o rei impostor conseguisse convencê-los, poucos reinos ficariam em segurança.

– Ele queria generais poderosos – concordou o rei. – Gialar e Ledge sucumbiram em nome de seu título, e agora Agas'B não possui mais Senhores de Castelo.

– Por pouco tempo – respondeu Laryssa. – Tentarei me tornar uma Senhora de Castelo.

A notícia pegou o rei de surpresa. Laryssa parecia decidida. Thagir olhou para Kullat e, depois de um acordo silencioso, colocou a mão direita sobre o ombro da princesa e disse:

– Kullat e eu lhe recomendaremos ao conselho. Você tem todas as qualidades para passar pelo treinamento e conquistar o título que deseja. Com a morte de Gialar e Ledge, este mundo precisa de novos Senhores de Castelo para garantir a paz e a prosperidade.

Ninguém mais fez comentário algum sobre o assunto até depois do jantar, quando todos dançaram e conversaram ao redor das fogueiras. Laryssa chegou perto do pai, que observava Thagir, Kullat e Dorik brincarem com as crianças de Pegeo. Sem capuz, os olhos de Kullat eram calmos e combinavam com a alegria de seu rosto. Ele fazia pequenas borboletas de energia azulada e as soltava sob o olhar fascinado dos pequeninos. Thagir ria quando o amigo fazia um dragão desengonçado ou uma fada brincalhona com seus punhos brancos. Até Laryssa se encantou com as criações do homem de branco.

– Você acha que foi a escolha certa? Ser uma Senhora de Castelo? – ela perguntou ao rei depois de abraçá-lo.

– Acho que essa decisão é sua, filha – ele respondeu com carinho. – Viajei por muitos mundos. Vi muitas coisas, boas e más, mas nunca vi tanto poder reunido em tão poucos seres como nos Senhores de Castelo. E o que estes dois fizeram? Sacrificaram-se pelos outros. Passaram por desafios físicos e mortais apenas para assegurar a paz deste reino.

– Mas acho que nunca terei tanto poder como eles, pai.

– Não importa quão poderosa você se torne! Antes de tudo, ser um Senhor de Castelo implica ter mais responsabilidades que poderes – e, olhando com carinho para a princesa, completou:

– O que realmente importa é como você usa o poder que lhe é dado. Como você bem disse durante seu discurso, o poder verdadeiro é o poder da escolha. É isso que difere estes homens dos demais – ele concluiu, apontando para Kullat, que fazia borboletas explodirem em uma chuva prateada, para alegria das crianças e de Thagir.

Abraçando a filha, o rei disse, emocionado:

– Graças aos Senhores de Castelo, a luz triunfa sobre as trevas em todo o Multiverso. E assim será enquanto pessoas como você continuarem a conquistar o título mais cobiçado e respeitado de todos os tempos.

A festa continuou noite adentro, sendo encerrada com um espetáculo de fogos de artifício e criaturas energéticas que explodiam em milhares de fagulhas coloridas no céu estrelado.

Os Senhores de Castelo ainda permaneceram algumas semanas naquele planeta, auxiliando o rei Larys a organizar seu recém-restituído reino. Kullat e a princesa Laryssa passaram algum tempo na província de Goperati, ao sul de Agas'B, para reintegrar aquelas terras ao reinado de Larys. Já Thagir e uma comitiva de guardas reais foram até as ruínas de Kallidak para se certificar de que a feiticeira Marna e seus asseclas fossem levados à justiça do rei. Thagir e Kullat ainda se dirigiram ao Conselho de Senhores de Castelo de Agas'B, nas planícies de Alons, para representar a princesa. Laryssa foi aprovada nos testes iniciais, e seu treinamento seria ministrado no próprio Conselho de Agas'B.

O rei Larys mandou erguer um monumento na praça central de Alons, com duas enormes mãos de rocha espalmadas, uma de frente para a outra. No pulso de uma delas, havia faixas de pano esculpidas. No da outra, estava representado um bracelete. Uma vez por ano, o bracelete e as faixas emitiriam um brilho mágico durante sete noites. Nessa semana, haveria festividades para comemorar o dia da libertação de Agas'B. A festa foi batizada de Festival da Luz Crescente, em alusão à fase da lua em que o reino foi libertado.

Despedida

O reino de Agas'B tinha agora de dar adeus aos dois Senhores de Castelo que haviam ajudado a trazer novamente a paz aos súditos do rei Larys. A princesa estava nervosa desde que soubera que eles partiriam para Newho. Evitava encontrá-los durante o dia e, nos jantares, raramente conversava.

Quando Kullat entrou nos aposentos da princesa para se despedir, encontrou Laryssa encostada na janela, olhando para o pátio real com tristeza e amargura. Ela não se virou quando ele entrou nem lhe deu atenção.

– Então, poderoso Kullat – havia mágoa em sua voz. – Chegou a hora de ir! Espero que façam boa viagem. Obrigada por ajudar este reino e por lutar por nós.

Sua voz estava embargada, e as palavras saíam em meio a um profundo pesar. Ela se virou para encará-lo com os olhos marejados. Aquele adeus lhe doía na alma, e era isso que mais a irritava. Estava apaixonada por Kullat – percebera quando soubera que ele ia embora para os confins do Multiverso. Seu coração palpitava. Queria pedir que ele ficasse. Queria berrar que ordenava que ele ficasse, mas sabia que seria em vão.

– Azio também vai nos deixar! – ela voltou a olhar para o jardim. – Disse que quer conhecer outros mundos.

Kullat se aproximou da princesa lentamente. Seus passos faziam um barulho tímido no tapete vermelho e branco do quarto.

– Agora que Kendal não o controla mais, ele voltou a ser uma criatura livre – a voz do cavaleiro era serena e baixa.

– Você ficaria aqui comigo? – perguntou a princesa, quase sussurrando.

– Você sabe a resposta. Não é fácil ser um Senhor de Castelo – ele respondeu, olhando com ternura para Laryssa. – Além disso, você é jovem, Laryssa. Ainda terá muitos desafios e duras batalhas pela frente, incluindo as de amor.

– Não é justo! – ela interrompeu, ainda olhando pela janela. Um pássaro voou solitário por cima das árvores agitadas pelo vento. – Thagir é casado. Os Senhores de Castelo podem se casar!

– Se vamos falar de justiça, por que não pergunta quanto ele sofre longe das filhas e da esposa ou quanto tempo fica sem vê-las? – sua voz revelava emoção e sofrimento. – Não se esqueça de que você se tornará uma Senhora de Castelo, e eu rogo a Khrommer que nunca tenha que tomar uma decisão como essa.

Laryssa suspirou fundo e virou-se para Kullat. Suas emoções transbordavam em lágrimas que tentavam em vão retirar-lhe do peito a dor que sentia.

– Adeus, Senhor de Oririn – foram suas únicas palavras.

Ele não respondeu. Apenas andou até ela olhando em seus olhos, que o encaravam, sofridos. Os cabelos curtos e negros da princesa balançavam levemente com a brisa vinda da janela. Kullat segurou o rosto de Laryssa entre as mãos com ternura, a beijou carinhosamente e saiu sem olhar para trás.

Nova Missão

No primeiro ano das comemorações pela libertação de Agas'B, Kullat e Thagir viajaram até o reino de Larys para participar das festividades. Azio, que havia partido sozinho para outro planeta, também retornou. Até mesmo Laryssa conseguiu uma licença especial de seu treinamento para participar das comemorações.

No fim dos festejos e depois de todas as despedidas, Kullat acompanhou Thagir através dos Mares Boreais até Newho, no planeta de Curanaã. Lá, os pais do pistoleiro retornariam de uma longa viagem para uma comemoração tradicional no exuberante castelo, que parecia ter crescido com a floresta, bem acima do rio Pangodes, ao pé de altas montanhas.

No início da tarde da semana seguinte à festa, Thagir estava sentado à mesa da varanda com seu irmão Phelir e Kullat, seu velho amigo de academia.

– Agora que perdi meu bracelete – o pistoleiro falou, olhando para o jardim verde à sua frente –, tenho de encontrar o outro.

– Aquele que foi roubado do pai? – Phelir perguntou.

– Esse mesmo.

– Mas onde você vai procurá-lo? – Kullat indagou, intrigado. Conhecia a história do roubo do bracelete, mas sabia que Thagir não tinha nenhuma pista para começar a busca.

Antes que o pistoleiro respondesse, um pequeno vulto branco apareceu voando no céu alaranjado. Kullat percebeu que se tratava de um morcego albino. O animal fez um voo rasante e pousou no ombro de Thagir. A seguir, deixou cair um pergaminho com o selo do Conselho de Senhores de Castelo de Curanaã. Thagir abriu o pergaminho e sorriu.

– Acho que a resposta pode estar aqui – disse, entregando o documento para Kullat. – Conto com você nessa?

– Ah! – exclamou o outro, após ler o conteúdo. – Sim, é claro que pode contar comigo.

– Tudo bem. Outra missão para os dois maiores Senhores de Castelo do nosso quadrante! – disse Phelir com um sorriso. E, retirando o próprio bracelete do pulso, o entregou para o pistoleiro, completando:

– Mas você já conseguiu destruir o seu, então prometa que trará o meu de volta inteiro!

Algumas horas mais tarde, os dois Senhores de Castelo rumavam para o porto onde pegariam um navio e entrariam novamente nos Mares Boreais. Cavalgavam vagarosamente pelas estepes de Curanaã, sob os últimos raios dos dois sóis alaranjados.

– Posso perguntar uma coisa que está me intrigando? – falou Kullat, após cavalgarem um pouco mais.

– Claro, meu amigo – respondeu o pistoleiro.

– Todos os animais mensageiros que conheço são aves como pombos ou até mesmo corujas. Por que você usa um morcego?

Thagir permaneceu em silêncio por alguns instantes e, depois de suspirar profundamente, respondeu:

– Morcegos são animais prodigiosos. São independentes, inteligentes e conseguem se locomover em qualquer ambiente sem depender de luz.

Depois de uma pequena pausa, continuou:

– Além disso, corujas são para crianças!

Epílogo

Planeta Oririn
Ano 3255 da Ordem dos Senhores de Castelo

No fundo do mar bravio, a poucos quilômetros do continente, havia uma grande pedra cinzenta. Em volta dela, algumas anêmonas, pequenos peixes e outros seres marítimos haviam construído seu lar. Contudo, ao contrário da explosão de vida ao redor, nela não havia nada. Nem mesmo plantas aquáticas cresciam em sua superfície. Os poucos peixes que se aproximavam da rocha pareciam tomados por uma loucura temporária e nadavam descontroladamente para longe.

Mas nem sempre havia sido assim. Nove anos antes, a pedra não existia. Fora trazida pela maré, vinda do caudaloso e violento rio Orin, que tem nascente acima das colinas de Wanann e desemboca no mar ao sul.

Naquele dia, a rocha começou a soltar bolhas. Pequenas e esparsas no início, foram ganhando velocidade surpreendente. Parecia que a pedra estava fervendo. Rachaduras surgiram, e a água começou a girar, como se a pedra fosse o centro de um redemoinho. Um cardume, que nadava calmamente a alguns metros da rocha, começou a ficar agitado. Como se fossem um único ser, os peixes nadaram rapidamente em direção à pedra e começaram a circulá-la no ritmo do redemoinho.

Quanto mais rápido a água e a areia giravam, mais velozes também eram os peixes ao redor da pedra. Mais peixes, das mais variadas espécies, se juntavam ao caótico balé marinho. A quantidade de animais era tão grande que não se via mais a rocha. Um túnel de criaturas vivas ligava o fundo do mar à superfície. A gigantesca rotação ganhou um novo movimento. Os seres estavam empurrando a rocha para cima. Em poucos minutos, várias criaturas borbulhavam na superfície do mar, enquanto a rocha era exposta ao sol da manhã. Era inacreditável – uma pedra cinzenta de quase dois metros de diâmetro sustentada para fora da água pelo movimento ininterrupto de animais marinhos, que formavam uma plataforma viva e pulsante. A pedra começou a vibrar. Sons estranhos saíam das rachaduras, e então ela começou a encolher e a ruir. Em poucos momentos, a rocha explodiu em pequenos fragmentos, que se pulverizaram antes de tocar a água.

De dentro da rocha surgiu um homem careca e extremamente magro, com os ossos aparentes sob a pele branca. Vestia apenas uma calça rasgada e não tinha nenhum pelo no corpo. Nas costas, havia dezenas de pequenas tatuagens negras, uma diferente da outra.

De cabeça baixa, ele mirou com os olhos cinzentos e profundos as próprias mãos cadavéricas. Abriu-as devagar e viu uma gema opaca, com uma ínfima rachadura. Era quase como um recipiente de vidro polido, mas visivelmente mais nobre e muitíssimo mais resistente. O homem então simplesmente deixou a pedra rolar de suas mãos e cair a seus pés, sendo rapidamente engolida pelo turbilhão que o sustentava na superfície.

– Finalmente a primeira etapa está concluída – falou para si mesmo, com uma voz medonha e profunda. – Tantos e tantos anos se passaram...

Sentia em seu corpo o poder que havia absorvido dos Espectros aprisionados na gema, mas também sabia que precisaria de muito mais para continuar com seu plano. Depois de um longo e alto suspiro, o homem abriu os braços e murmurou algumas palavras. A água começou a se agitar. Vagarosamente, um objeto de madeira surgiu bem no centro da turbulência. Em pouco tempo um enorme navio, naufragado havia anos, surgiu na superfície e começou a navegar para perto dele.

Com um rápido movimento, ele pulou para dentro da embarcação. Imediatamente as criaturas marinhas se espalharam e fugiram do transe em que se encontravam.

Navegou até uma ilhota e atracou em uma enseada, onde se sentou na areia fofa. No horizonte, o pôr do sol já estava no fim, e a luz do dia findava lentamente.

Nem mesmo Kullat pode me deter agora. Sinto o poder da gema crescer dentro de mim, ele pensou.

O homem deu as costas ao mar. Murmurando palavras estranhas, desenhou um arco com as mãos. Uma chama violeta surgiu à sua frente.

"Kendal!"

"Kendal! Atenda o chamado de Volgo, seu mestre."

Repetiu o feitiço mais vezes. O esforço para manter a chama viva consumia muito de sua energia. Depois de uma hora, ele estava exausto. Caiu de joelhos na areia e a chama se extinguiu. Suspirou e desistiu do contato.

Kendal, seu idiota. O que foi que aconteceu com você?, pensou, irritado. Não recebia resposta nenhuma de seu aprendiz. Ficou com raiva ao pensar que seus planos poderiam estar ameaçados.

Se Kendal não conseguiu, talvez Bemor Caed ou Willroch tenham tido mais sorte, Volgo pensou, olhando para o céu estrelado. Tudo que lhe restava era seguir com o plano, pois havia muito a fazer.

Glossário

Personagens

Alana: Filha mais velha de Thagir, tem somente 9 anos no ano de 3254 do calendário dos Senhores de Castelo, quando esta aventura se passa. Thagir tem ainda outra filha, Lara, seis anos mais nova que a irmã.

Amadanti: Mago que teve toda sua Maru consumida na criação das cápsulas de energia vermelha utilizadas na pistola de cristal.

Anciões do Conselho de Ev've: Integrantes do Conselho Geral dos Senhores de Castelo. Vivem na ilha de Ev've, na sede dos Senhores de Castelo.

Anteos: Dono de uma loja de armamentos em Pegeo, foi pistoleiro na juventude. Conhece e admira a história dos pistoleiros, principalmente os de Newho.

Azio: Autômato de forma humanoide, alto, forte e de pele dourada. Possui quatro dedos em cada mão. Partes de seu corpo, como os antebraços e as mãos, podem se transformar em armas, como metralhadoras, lançadores de raios etc. É possível que seja o último sobrevivente do planeta Binal.

Azur: Um dos últimos mestres feiticeiros de Gue'Gan, ilha a oeste de Bordina, que faleceu por volta de 3100 do calendário dos Senhores de Castelo. Um dos únicos seres em todo o Multiverso que conheciam os segredos do Globo Negro e sabiam como encontrar alguns de seus fragmentos.

Bifax (Norwell): Ex-capitão da guarda de Cim, seu verdadeiro nome é Norwell, mas, desde que foi traído e renegado pela sociedade, tornou-se um pária e criou um grupo de foras da lei chamado Padawin.

Bologgo: Feiticeiro-mor da ilha de Gue'Gan, foi responsável pela criação do Globo Negro, junto com o rei Dillys. Supostamente, foi morto quando o Globo Negro foi destruído, centenas de anos atrás.

Bor: Responsável pelos registros da biblioteca da cidade de Dokre.

Chibo: Guerreiro bárbaro alto e de constituição forte. Sua origem é desconhecida. Suas vestes são feitas de couro e peles. Usa um grande machado de duas lâminas como arma. Tem longos cabelos violeta e a pele azulada. É extremamente forte e ágil. Possui um senso de luta bastante aguçado, fazendo com que se antecipe naturalmente aos golpes (ou tiros) de seus inimigos.

Ciclopes de Marna: Grandes hominídeos com cerca de cinco metros. Possuem quatro braços e sua origem é desconhecida. Sabe-se apenas que são servos da feiticeira Marna, comandante da Fortaleza dos Ossos, na cidade de Kallidak.

Conselho de Nopporn: *Ver* Conselho dos Senhores de Castelo de Ev've

Conselho dos Senhores de Castelo de Ev've: Também chamado de Conselho de Nopporn, por ter sido fundado por ela. Formado por dez anciões, é o conselho principal dos Senhores de Castelo, responsável pelas decisões que os afetam diretamente, além de comandar a ilha de Ev've e a Academia dos Senhores de Castelo.

Criatura-Kendal: Criatura resultante da fusão do rei Kendal com os Dhuggaols.

Dhuggaols: Servos de Volgo, são criaturas malévolas dos confins escuros e desconhecidos do Multiverso.

Dillys: Antigo rei de Agas'B que criou o artefato de poder chamado Globo Negro.

Dorik: Dono de um bar em Cim. Homem forte, de cabelos claros e barba rala, compleição forte e braços e mãos grandes, proporcionais ao resto do corpo. Foi guerreiro na juventude.

Eses: Um dos capangas de Bifax.

Espectros: Seres naturalmente mágicos que ameaçavam destruir o equilíbrio de todo o Multiverso, aniquilando tudo que existia. Foram aprisionados em pedras preciosas mágicas, que foram incorporadas aos Gaiagons. A luta entre os Senhores de Castelo e os Espectros foi chamada de Guerras Espectrais.

Gaiagons: Seres colossais das eras antigas, que podem chegar a trinta metros de altura e têm força e inteligência inigualáveis. Relatos dizem que existe menos de uma dezena nos dias de hoje, que hibernam por séculos em regiões inóspitas e desabitadas. Seu paradeiro é desconhecido. Ao fim das Guerras Espectrais, as joias que serviram de prisão aos Espectros foram incorporadas a seus corpos, e eles se espalharam pelo Multiverso.

Gerens: Raça de comerciantes especializados em vender armas, como espadas e escudos. Um Geren pode conseguir artefatos mágicos também, pelo preço certo.

Gialar: Senhor de Castelo de Agas'B. Espadachim habilidoso e excelente cavaleiro. Seu poder de ecolocalização é muito útil em ambientes escuros e também em batalhas, pois seu senso espacial fica mais aguçado, uma vantagem decisiva em combate.

Iáve: Capitão da milícia de Dipra.

Karuins: Criaturas híbridas de répteis com humanos. Andam um pouco arqueados e usam armas de fogo, como revólveres e espingardas. Suas garras são fortes e afiadas. Possuem escamas verdes nas mãos e nos pés. São comandados por Chibo.

Kazzi: Autômato de Binal considerado o maior poeta dos reinos em que a magia tem o nome de tecnologia. Seus escritos até hoje são referência em vários assuntos.

Kena: Guerreira de cabelos cacheados cor de cobre, usa um chifre prateado como adorno no lábio inferior. Hábil com espadas e sabres. É companheira de Chibo.

Kendal: Rei atual de Agas'B. De cabelos e barba loiros e estatura mediana, é forte e inteligente. É adepto da feitiçaria.

Klio: Mestre orientador de Thagir durante sua juventude e grande pistoleiro de Newho.

Kullat: Membro da Ordem dos Senhores de Castelo do planeta Oririn. Alto, forte, de olhos castanhos e cabelos negros levemente grisalhos nas têmporas. Inteligente e bem-humorado, veste um manto branco e possui faixas mágicas em ambas as mãos, que potencializam seus poderes de controlar a energia mágica que gera com o próprio corpo.

Kylliat: Irmão mais novo de Kullat. Vive no mundo tecnológico de Irata e possui o título de Sprawl, honra dada a poucos homens (seres não robóticos ou virtuais) pela Inteligência Artificial de Irata.

Larys: Tem cabelos curtos e estatura média, caráter forte e inteligente. Durante muito tempo, viajou e conheceu vários mundos.

Laryssa: Princesa de Agas'B. Pequena e atlética, tem cabelos curtos e escuros. Tem a habilidade natural de falar com os animais do reino. Possui determinação e é inocente em seus pensamentos.

Ledge: Senhor de Castelo de Agas'B. Natural de Pegeo, viveu muitos anos no Templo do Céu, onde aprendeu a controlar seu poder sobre os ventos.

Lorde Grageon: Antigo pistoleiro de Newho. Durante cinquenta anos buscou e reuniu os braceletes com as Joias de Landrakar.

Mãe de Todas as Fadas: *Ver* Yaa

Maioles: Guerreiros humanoides com características anfíbias. Vivem na bacia Iori. Pouco se sabe sobre eles, apenas que são dotados de inteligência e organização militar. Não possuem relação aparente com o restante do reino de Agas'B.

Margaly: Sacerdotisa do templo de Dipra. Muito bela, de pele clara e macia e olhos azuis, usa sempre roupas vermelhas.

Marna: Feiticeira que vagou por vários mundos antes de chegar a Agas'B. Encontrou morada nas ruínas da Fortaleza dos Ossos, em Kallidak.

Mellog: Criatura humanoide de cerca de vinte centímetros, feita de barro. É agressivo e perverso. Não representa perigo sozinho, mas se torna uma ameaça quando ataca em grupo.

Mohause: Dono da taverna Ferro Flamejante, foi companheiro de Dorik quando este era guerreiro.

Monjor V: Um dos mais importantes Senhores de Castelo da primeira geração, estrategista brilhante e modelo para vários Senhores de Castelo da atualidade, incluindo Kullat e Thagir.

Noiw: Guarda pessoal da princesa Laryssa.

Nopporn: Descendente de uma das primeiras raças sapientes do Multiverso, foi Nopporn quem convocou os principais líderes, regentes, imperadores e soberanos de todos os planetas civilizados para formarem um grupo de combate especial, chamado Senhores de Castelo. Ela fez essa convocação porque o Multiverso estava em perigo de extinção pela influência dos Espectros, que ameaçavam desestabilizar a Maru de todos os universos existentes.

Norwell: *Ver* Bifax

Ordem dos Senhores de Castelo: Grupo que segue as regras e normas estabelecidas pelo Conselho de Nopporn. A Ordem tem sede na ilha de Ev've e possui várias subsedes, em todo o Multiverso. É formada por dez anciãos, e cada um rege por cem anos. O regente atual é N'quamor, de Oririn, por isso o tempo de sua regência é chamada de era oririana.

Padawin: Grupo fora da lei de homens e mulheres, violentos e temidos pelos cidadãos de Pegeo. Suas características mais marcantes são roupas de couro preto, adereços metálicos e uma marca de aranha na mão esquerda, produzida com ferro quente. Bifax é o líder do grupo e proíbe os Padawin de utilizar armas de fogo.

Pays: Capanga de Bifax.

Phelir: Irmão mais novo de Thagir, possui a segunda Joia de Landrakar conhecida. É capitão da armada aérea de Newho.

Primir: Pai de Thagir, possuía três braceletes com Joias de Landrakar. Deu um para Phelir e outro para Thagir, como herança. Deixou a regência de Newho para Thagir e, com a esposa, está em viagem pelo Multiverso.

Senhores de Castelo: Título conferido a seres com poderes e/ou habilidades especiais e que foram aprovados na Academia de Nopporn. Não devem interferir diretamente na evolução natural da sociedade, mas têm como um dos principais objetivos incentivar a paz, a ordem e a prosperidade nos mundos e universos onde atuam.

Sylar: Feiticeiro ermitão de Agas'B, tentou várias vezes tomar o trono do rei Kendal.

Thagir: Pistoleiro e Senhor de Castelo de Newho, do planeta Curanaã. Alto, magro, de cabelos escuros e curtos e barba cerrada de tons levemente ruivos. Inteligente e extremista, é um excelente estrategista e um dos mais hábeis pistoleiros. Possui dois braceletes mágicos, o Coração de Thandur, no bracelete esquerdo, e a Joia de Landrakar, no direito. Mestre na utilização de armas de fogo e armas brancas, além de conhecedor de artes marciais e lutas sem armas.

Thária: Trabalha na Taverna Ferro Flamejante. Vinda do reino de Kremat, possui pele amarela e cabelos cor de fogo. Conhecida pelas *performances* dançantes, especialmente quando termina a apresentação com a Torre Flamejante, que é uma pilha de copos de bebida alcoólica incendiada ao fim de uma sensual dança.

Volgo: Poderoso feiticeiro. Careca, extremamente magro e geralmente vestido com roupas vermelhas, Volgo é o mestre dos Dhuggaols.

Yaa: Conhecida como Mãe de Todas as Fadas ou Rainha do Castelo de Gelo. Sua história remonta a mais de dez mil anos. Possui cabelos loiros e rosto arredondado. Seria considerada obesa em alguns planetas.

Zíria: Antiga rainha de Agas'B, esposa do rei Dyllis.

Lugares e planetas

Academia dos Senhores de Castelo: Academia que treina e forma os Senhores de Castelo, localizada em Ev've e comandada pelo Conselho dos Senhores de Castelo.

Adrilin: Planeta do quadrante 3. Sua população é composta de gêmeos (dois ou mais irmãos). O nascimento de um filho único é estudado exaustivamente pelos cientistas locais.

Agabier: Planeta do quadrante 1. Possui pouca magia natural e é pouco desenvolvido tecnologicamente. É dividido em reinos independentes entre si. O maior de todos é o de Agas'B. Há muitas ilhas nesse planeta, a maioria desabitada.

Agas'B: Em extensão de terras, é um dos maiores reinos do planeta Agabier. Há outros reinos que circundam Agas'B, menores em importância e força.

Aram: Cidade litorânea a noroeste de Agas'B. Em sua praça central há uma estátua, que na verdade é um marujo transformado magicamente em pedra por Volgo.

Armiger: Planeta do quadrante 1, reconhecido como lar dos melhores armeiros do Multiverso. Seus habitantes são seres de baixa estatura, habilidosos com trabalhos manuais e excelentes artesãos.

Arthúa: Planeta do quadrante 2. Seus habitantes são hominídeos de pele azul brilhante que possuem dois sistemas respiratórios independentes, permitindo que fiquem horas debaixo d'água sem precisar respirar.

Asys: Cidade incorporada por Dillys ao reino de Agas'B, majoritariamente habitada por anões. Importante centro de comércio com outros reinos ao norte de Agas'B.

Bacia Iori: Grande bacia de águas pluviais situada ao sul da cidade de Bordina. É cercada por uma cadeia de montanhas, e a entrada se dá somente pelo rio Ior, que possui correntezas fortes e perigosas. É o lar do povo Maiole.

Binal: Planeta do quadrante 4. Era um dos poucos mundos naturalmente mágicos e com grande evolução tecnológica. Além de robôs (dispositivos pré-programados) e androides (robôs com aparência humanoide), a população era formada por autômatos (androides autoconscientes gerados sem intervenção de outras espécies). Uma guerra interna destruiu o planeta, e sua população foi extinta. Azio é o último sobrevivente conhecido dessa antiga raça.

Bordina: Cidade com a maior concentração de habitantes de todo o reino de Agas'B. É o centro comercial do reino e caminho de vários negociantes do planeta Agabier. Possui também centros de estudo, magia e ciência.

Cânion dos Condenados: Prisão em local remoto do reino de Agas'B, para onde são levados os condenados. Ainda que ocorram fugas, é extremamente difícil escalar as paredes íngremes do cânion onde está a prisão.

Cim: Cidade com poucas ruas, todas de terra batida. Suas construções são, na maioria, de madeira e toras. Por ser uma cidade situada num entroncamento de estradas, sua economia é baseada no atendimento aos viajantes.

Curanaã: Planeta do quadrante 1. Possui pouca magia natural, não é muito desenvolvido tecnologicamente e tem poucos habitantes. Possui muitas jazidas naturais de minérios, principalmente joias e pedras preciosas. A natureza é exuberante, com vastas florestas e milhares de rios. A maioria dos animais é selvagem e herbívora.

Deserto da Solidão e deserto de Alabin: Fronteiras naturais de Agas'B, esses desertos correspondem a uma vasta extensão de areia, que separa o reino de Agas'B dos reinos a nordeste e a leste. A parte central e norte é chamada de deserto da Solidão, devido à ausência de oásis e de habitações fixas. A parte sul é chamada de deserto de Alabin e possui cidades, oásis e nômades, além de ser banhada por pequenos rios que descem das encostas montanhosas. No deserto de Alabin existem rotas de comércio que ligam os demais reinos a Agas'B.

Deserto de Gálam Makur: Deserto que ocupa mais da metade do planeta Teslar. Há regiões inóspitas, mas também milhares de pequenos polos de vida natural. Antigo lar de uma civilização mágica já extinta, a maioria da população é formada por clãs de nômades. Foi em uma batalha nesse deserto que Thagir conquistou o direito de utilizar o Coração de Thandur.

Desfiladeiros de Nog: Cadeia de montanhas próxima de Kalclan. Existem muitas lendas sobre seres estranhos que habitam suas montanhas. A mais famosa é a de Nog, um grande guerreiro que sumiu nos desfiladeiros quando procurava reconhecimento por suas conquistas. Segundo alguns, Nog ainda luta com fantasmas e monstros que habitam as profundezas do planeta, apesar de essa lenda ter mais de quinhentos anos.

Dipra: Cidade rústica, de pequenos prédios de pedra e casas de tamanhos variados. Cercada de cadeias montanhosas, Dipra mantém escambo com Pegeo e Bordina, e a base de sua economia é a mineração. É a cidade mais próxima da montanha onde vive Yaa, a Mãe de Todas as Fadas.

Dokre: Cidade onde fica a principal biblioteca do reino de Agas'B. Dokre também é um grande centro comercial e possui escolas de escribas.

Estreito de Or: Local onde duas cadeias de montanhas se separam, formando uma passagem para o sul de Agas'B. Tem esse nome por estar próximo da cidade de Or.

Ferro Flamejante: Taverna em Pegeo pertencente a Mohause. Conhecida pela boa comida, como as costelas de címalo, pelos drinques flamejantes e também pelos *shows* performáticos executados pelos funcionários.

Ilha de Ev've: Ilha localizada no centro de todo o Multiverso e sede do Conselho de Nopporn, da Ordem e da Academia dos Senhores de Castelo.

Kalclan: Cidade portuária do reino de Agas'B, próxima dos Desfiladeiros de Nog.

Kallidak: Cidade de contrabandistas e bandidos, lar da feiticeira Marna.

Kremat: Planeta do reino do vulcão Mag. Seus habitantes possuem cabelos vermelhos como fogo e pele amarela, e normalmente usam roupas de couro.

Mares Boreais: Não existe ligação física entre os universos, e nenhum dos magos ou cientistas das civilizações conhecidas conseguiu desenvolver tecnologia ou feitiço que permitisse criar uma passagem entre eles. Existe apenas uma forma conhecida de realizar essas viagens: navegando pelos Mares Boreais. Trata-se de vínculos naturais descobertos pouco antes da Guerra dos Espectros. Capitães experientes sabem como encontrar o único ponto existente em cada mundo onde é possível passar com seus navios para dentro dos mares de água boreal nos quais é realizada a navegação entre os mundos.

Muan: Planeta do quadrante 1. Rico em florestas e vida silvestre, com grandes cadeias de montanhas. Lar de camponeses e caçadores.

Multiverso: Desde as Guerras Espectrais, sabe-se que existe mais de um universo. Até o momento, foram mapeados mais de cem. Em cada universo, pode ou não haver vida inteligente. Os vários universos são chamados de Multiverso.

Newho: Um dos reinos do planeta de Curanaã. O rei era Primir, que depois repassou a regência para o filho, Thagir. Durante as missões de Thagir como Senhor de Castelo, o reino é regido por sua esposa, Dânima.

Or: Cidade pequena, de comerciantes e artesãos. Local de encontro de viajantes e andarilhos, pois é a única cidade depois das montanhas que limitam o pântano Muko.

Oririn: Planeta do quadrante 1. Possui pouca magia natural e é pouco desenvolvido tecnologicamente. Seus habitantes são humanos, mas é comum encontrar outras raças nas principais cidades. Seus representantes mais ilustres são Kullat, Senhor de Castelo, e N'quamor, regente de Ev've.

Pangodes: Rio próximo ao castelo de Thagir, no planeta Newho.

Pântano Muko: Pântano extenso, delimitado por uma cadeia de montanhas. Apresenta inúmeros perigos para os viajantes, como os caçadores de homens, áreas em que o ar é venenoso e animais mutantes.

Pegeo: Cidade de pescadores e pequenos comerciantes, ao sul da floresta Fluyr e próxima a Minas Prípios. A taverna Ferro Flamejante fica em Pegeo.

Planícies de Alons: Planície ao norte de Dokre, possui esse nome em homenagem a Alons, antigo sábio de Agas'B.

Teslar: Planeta do quadrante 2. Medieval e com povos nômades, mais da metade do território é coberta pelo deserto de Gálam Makur.

Tianrr: Planeta do quadrante 3. Tem grau avançado de tecnologia.

Torre Branca de Mármore: Torre de prisioneiros na cidade de Kendal.

Objetos

Bastões de combate de Thagir: Bastões de combate especialmente confeccionados em Newho. Possuem mecanismos internos que os transformam em objetos de apoio, como lâminas de machado e de espadas.

Calendário da Ordem dos Senhores de Castelo: É o calendário que padroniza a contagem de tempo no Multiverso, muito útil para fazer a correta cronologia dos fatos e também para servir de base para o comércio entre planetas. Cada planeta mapeado recebe um sistema de conversão, fornecido pelo Conselho dos Senhores de Castelo de Ev've.

Chifre de Lirch: Espécie de corneta feita de chifre, utilizada por Bifax como símbolo de união dos Padawin. Quando a ouvem ser tocada, todos os integrantes do grupo se reúnem.

Coração de Thandur: Gema única que Thagir utiliza incrustada no bracelete esquerdo. O poder do bracelete torna a visão do portador mais aguçada e altera a percepção do tempo, tornando os acontecimentos mais lentos que o normal.

Faixas de Jord: Faixas mágicas que foram incorporadas a Kullat durante uma de suas missões. Possuem o poder de canalizar e dar forma à energia latente de Kullat, seu atual portador. A lenda ainda fala do Cajado de Jord, que desapareceu há milênios.

Globo Negro: Artefato mágico criado por Bollogo, capaz de prever acontecimentos do futuro, permitindo aprimorar as estratégias de guerra de quem o possuir. Também é capaz de aumentar o poder de um exército, deixando-o com força e resistência acima do normal.

Joia de Landrakar: Gema que permite ao portador armazenar e invocar itens de Maru inerte e Maru energética. A Maru de matéria orgânica e de magia não é compatível com a frequência de Maru da Joia de Landrakar. Antigamente eram joias utilizadas por pistoleiros para armazenar e invocar armas e munições. Não se sabe como funcionam, mas há especulações de que acessem alguma dimensão desconhecida. Contudo, cada joia consegue armazenar um volume diferente, mas finito, de Maru. Sabe-se da existência de cinco dessas joias, sendo que apenas duas têm paradeiro conhecido. Uma está com Thagir, que a usa incrustada no bracelete direito. A outra está com seu irmão, Phelir. Uma terceira, que era de seu pai, foi roubada de dentro do castelo de Newho, no planeta Curanaã.

Livro dos Dias: Livro sagrado que rege e registra a vida dos Senhores de Castelo. Está na Ilha de Ev've. Nele estão registrados os Treze Dias, as principais regras seguidas pela Ordem.

Pistola de cristal: Arma criada pelo feiticeiro Amadanti. Sua munição é feita de cristais vermelhos, que podem desestruturar a Maru do alvo.

Treze Dias: As treze principais regras que regem a Ordem dos Senhores de Castelo. Quando em formação, cada Senhor de Castelo passa por treze desafios psicológicos, físicos ou morais, com duração exata de um dia cada. Cada dia é baseado em um momento específico da Guerra dos Espectros.

Flora e fauna

Aranhas gigantes: Aracnídeos gigantes, podem carregar até dez pessoas nas costas. Essa variedade de aranha gigante vive em um bosque escuro da bacia de Iori.

Cavalos selvagens de Fluyr: Grandes cavalos selvagens que vivem livres na floresta Fluyr. Geralmente são rajados de duas ou três cores, mas também há cavalos de uma cor só. Sua pelagem é curta.

Fains: Criaturas estranhas e traiçoeiras que vivem na floresta Fluyr. Apesar de parecerem árvores vivas, com tronco espesso e mãos de galhos e ramos, são violentos e carnívoros. Normalmente possuem nariz comprido e olhos esverdeados. Diz a lenda que a alma daqueles devorados pelos Fains se transforma em um deles, ficando perdida por toda a eternidade.

Floresta Fluyr: Também conhecida como Morada das Almas Perdidas, por ser lar dos Fains. Possui vegetação alta, com árvores de grande porte e ampla variedade de animais. Tem início ao norte, perto do rio Betasys, e se estende até os limites da cidade de Pegeo, mais de oitenta quilômetros ao sul. Poucos se aventuram em suas matas.

Gaviões gigantes de Fluyr: Aves de rapina gigantes que habitam as montanhas da floresta Fluyr. Raramente são vistos.

Hance: Flor cujas sementes concentram nutrientes suficientes para ficar em hibernação durante séculos e ainda germinar uma planta inteiramente saudável. Com essa planta é produzido o pão de hance, um alimento leve, nutritivo e de gosto adocicado.

Pallóns: Seres semelhantes a borboletas gigantes. Possuem dois pares de asas coloridas e antenas de quimiorrecepção na cabeça.

Raposa negra de duas caudas: Animal que vive na floresta Fluyr.

Romba-Largo: Erva rasteira com propriedades curativas e calmantes. Produz efeitos colaterais, como alucinação, e pode causar dependência. É considerado crime se utilizar dessa planta fora dos centros de cura ou templos.

Zíngaros: Animais de grande porte, com pelos brancos por todo o corpo, orelhas grandes e compridas e focinho achatado. Segundo Thagir, são muito parecidos com lebres gigantes.